滄海叢刊

文學邊緣

周玉山　著

1983

東大圖書公司印行

行政院新聞局登記證局版臺業字第〇一九七號

中華民國七十二年一月初版

文學邊緣

基本定價貳元肆角肆分

著作者 周玉山

發行人 莊剛彰
出版者 東大圖書有限公司
總經銷 三民書局股份有限公司
印刷所 東大圖書有限公司
臺北市重慶南路一段六十一號二樓
郵政劃撥一〇七一七五號

序

周世輔

次兒玉山就讀中學時，我已在政大任教。一日起身閱報，見其小品文「醉夢溪」發表於中央副刊，我亦欣喜。該日到校，有人談起此文，謂為政大同學所撰，初不知作者年方十六也。事後知者告我：「令郎文思如此，固然可賀，但似犯了早熟之病，宜先做個智力測驗。」我即與教育系主任商量，獲允代測，卻因玉山本人的反對而作罷。

我們學教育者大抵知道，升學填志願應注意下列四條件：一、社會需要，二、家庭願望，三、才之所長，四、性之所近。一般而論，家庭願望與社會需要常結合為一，才之所長與性之所近本亦不可分。玉山則不然，他雅好文學，考大學時卻報考法學院，考前又因情緒的煎熬而跡近放棄。直到發榜後，得悉他考取自己喜愛的輔仁大學，我始放下心來。

玉山大學畢業那年，同時考上師大三民主義研究所和政大東亞研究所，前者幸獲榜首，他擇後者就讀。畢業退伍後，我盼他繼續深造，報考文化大學三民主義博士班，卻未見反應。民國六十九年我在美探親時，寄詩激之，他才一試，又幸獲榜首，至此我如釋重負。

玉山入政大東亞研究所後，研究三十年代文藝，算是統一了過去「才之所長」與「性之所近」間的矛盾。但他於民國六十八年以二十多歲之齡，獲中國文藝協會的文藝理論獎時，我在欣慰之餘，仍感意外。

比年來，玉山與其弟陽山屢因文字獲獎，我恐他們自滿，乃以詩誡之，中有一聯云：「謹防名逾實，應效有若無。」今值「文學邊緣」問世，仍以此勉之，是爲序。

自序

「文學邊緣」這本書，選文五十篇，跨時十五載，標誌了我與文學的一段因緣。

首篇「醉夢溪」發表於中央副刊時，我還是個中學生，它和「水湄書簡」等文，同爲所謂少年情懷的記錄。如今物換星移，我也歲數倍增。檢視少作，汗顏之餘，不忍盡捨，且留一二在人間吧。

第一輯的十五篇，勉可稱爲散文，其中「寄陳若曦女士」、「我們只有一位國父」等，發表後引起較多的迴響，使我感受到文字的力量。從大學起，我始終未列文學院的門牆，但對文學的喜愛迄今不衰。也許正因不知天高地厚，我還敢偶然執筆，一抒胸臆了。

第二輯的二十五篇，或爲文藝作詮，或爲歷史作證，或爲時事作註。題材固有不同，筆觸總求接近於文學。其中「五四歷史不容篡奪」、「三民主義大家看」等，發表後幸獲一些重視；「盼迎高志航夫人」、「還魯迅真面目」等，也引起一些討論。由於我現在的想法仍然略同於昔，所以各篇大致保留著原貌。

第三輯的十篇，談論書籍或作品，都與文學有關。置於最後的兩篇，是我兩部書稿的自序，其中「中國左翼作家聯盟研究」是碩士論文，「大陸文藝論集」是近年的產品。它們猶待增修，正式出版也就俟諸他日了。

這三輯文字得以重見天日，最要感謝三民書局兼東大圖書公司的主人劉振強先生。由於他的慷慨，本書得以成爲滄海叢刊之一粟，這是我的宿願。編輯部的王韻芬小姐和幾位朋友，爲本書盡心盡力，盛意可感。每篇文後註明的出處，也使我想起各報刊主編先生的厚愛，在此併申謝忱。

父親的序親切感人，他老人家和母親對我的愛和期許，常使我懷抱「讀萬卷書，做一等人」的雄念，但實際上卻愧對親恩。今天我呈獻這本小書，敬表人子的心意於萬一，祝兩位老人家康樂年年！

文學邊緣　目次

第二輯

第三輯

第一輯

醉夢溪

醉夢溪是政治大學後的一道清流，五年前我初臨溪畔，還喚不出它來，現在可以這樣說：有大學處有墨客，有墨客處有佳名——校中的浪漫詩人爲此流水取了沁人的名字。數年來的醉夢溪，在大學生的言談中屢屢被提起，歌詠它的文字也散見於報章。的確，彩筆下的醉夢溪，幾已成爲一處教人無限遐思的境地了。

可能媲美李太白狂歌的采石江？抑或徐志摩最欣賞的康河？醉夢溪在我的眼中永遠保持着清碧的麗姿，只見幽岩夾岸，水流淙淙，上端有相思林蔭覆蓋，時聞翠鳥放歌。何其輕柔的水呵，我未見它有過急湍的一日，偶爾清風吹皺，捲起幾漩螺細的波紋，打了兩轉又伏流遠去。小立溪畔，遙看遠天接水，就覺得神思不禁了。

是醉夢溪孕撫了詩人，還是詩人刻畫出醉夢溪？不修邊幅的大學生常留此覓感，與流水互慰着寂寞。溪畔數盞長燈，幾石涼椅，有僅容二人肩行的小路相伴，這就是負有盛名的「情人道」了。君可想見，多少相約黃昏的雙雙儷影，漫步於小道上，共對流水美景，細細地訴說着衷腸。

醉夢溪水淺，不能泛輕舟，也未見它席捲過遠山飄逝的紅葉，但每當兩岸芒花翻白的時節，點點滴滴的輕絨薄絮逸滿溪流，如乳色小舟離港逐波而去，與蒼灰的暮雲相互映照，景色幽奇，勾人心魄，可似秦淮河畔的故園深秋？

記得初臨溪畔，只覺綠溪充滿自然的美，久處於斯，又逐漸體會出它的靈性。每遇心中鬱結，不得解脫的時候，散步於此，流水自會引導我的思維昇華到纖塵不染的境界，使我淡視人世間的名利榮辱。曾一睹醉夢溪的朋友，當不會笑我流連忘歸吧？

醉夢清流，蜿蜒不斷，終將導入大海，大海的巨濤浪花終將沖擊到海峽的彼岸，彼岸哪，有那黃河天上之水，有那浩浩的揚子大江，千古以來，滾滾東去，奔流到海的壯觀依舊否？夢歸故國，情深無限，悠悠的水，可曾帶走我心底的呼喚？

我欲一問飛繞綠溪的北燕。

五十六年一月六日 中央副刊

水湄書簡

時序已入初夏，而我仍在水湄，沁春方盡，盛夏未臨，盈盈素波，已暖未炙；當我提筆與你寫信的此刻，偶或凭窗凝眸，凝眸盡處乃一流淺清，一流澄澄淸淺柔柔惹憐的醉夢之水。水前是杜鵑花圃水後是相思古林而水中無蓮，江南有蓮，蓮只合生於江南而江南日已遠。通往水湄的是一徑濃翠的幽篁，幽篁滿徑滿徑飄香而徑中無柳，長安多柳，柳只合生於長安而長安不可見。生於斯長於斯但不甘老死於斯的水湄少年如我，卻只合哦只合在詩集中在淚夢裏尋我如詩如夢的故土。

這是寫給你的第五十封信，記憶中的第一封信，起自去年今日，今日此刻，就是此刻這樣的筆，這樣的桌，這樣的藍窗，這樣的星光。五十封信恰一週年，一週年是一次春夏秋冬的輪廻，五十封信是一輪廻。這一年來，靜居水湄，靜居濱水的小樓，令我顫慄的是，我竟能時常無感於春天的飄忽，盛夏的煎熬，深秋的蕭瑟，和隆冬的冷漠。我的心已靜如止水，我不動心。俄然覺，我只是城廂的過客，我終究來自山林。

山林之下，淸溪之濱，小樓之東，書室之內，一年之前，蟄居之時，初驚悸於書海之浩，哲學之美。素心讀莊子，悠哉逍遙遊。觀莊生夢蝶，莊生曉夢迷蝴蝶；栩栩然蝴蝶，遽遽然莊周。莊周夢蝶，莊夢蝶，周夢蝶，周——夢——蝶。武昌街，「明星」門口，「三民」對面，那位鬧街參禪的市隱詩人，那尊瘦削禿頂的絕苦詩人，你看他那拈花微笑的心語：

擲八萬四千恒河沙刼於一彈指
靜寂啊，血脈裏奔流着你
當第一瓣雪花與第一聲春雷
將你底渾沌點醒——眼花耳熱
你底心遂繽紛爲千樹蝴蝶

詩人是孤獨的，但這是屬於強者的孤獨，若說詩人擺攤（一個專售現代詩集的書攤）是一項悲劇，這必也是屬於希臘式剛毅的悲劇，一種「在飽嘗人世苦痛之後，積健爲雄，且持雄奇悲壯，馳騁人世的氣概」。讓我們擧杯，向詩人致敬。

紅樓夢已醒，不再夢紅樓，紅樓悄悄，紅樓迢迢，獨上高樓，高樓目盡，獨不見古紅樓，紅樓已頹，希冀乃滅。從指南山下到錦西街，再從錦西街到濟南路，何其不幸，於今我發現步入了歧路；何其幸運，我已作了迷途知返的重大決定。歷劫歸來，揮淚對父親，父親終於正式首肯我的離開，爾後將有屬於自己長長的一年，短短的一年，我這一生的命運，繫之於這一年。爾後將有遠行，一瞻南臺灣的鳳凰花海，做一年苦行僧，挑燈夜讀三百天。聞有你伴我，伴我暫離水湄，伴我暫別青鳥，伴我負笈古城，伴我衣錦還鄉……。茶陵說：「我的時間尚未來到，有些人要進入大學之後才出生。」

青鳥是幸福的象徵，而不止於象徵，實是有物可托。共居指南山下，同飲醉夢溪水，七年一日，一日七年。青鳥已羽豐，青鳥已亭亭。弱水三千，取其一瓢。但願青鳥非幻，非茵夢湖裏的睡蓮。

走筆至此，倚窗小憩，聞指南山下，杜宇輕啼，醉夢水湄，蟬蛙競歌，聲聲分明迎賓曲。若你肯來，我將引登一千二百級石階，與你共訪指南宮裏的神。

五十七年　建中青年

茶陵書簡

我們都喚您湯大哥，都說這樣的稱呼唯有您當之無愧。寒假中有一天我們重回到輔園，爲向圖書館借書。輔園小別後無恙，那天我們卻像走在人跡罕至的畫中，一路的校舍由白轉藍，不變的是磨平且沒遮欄的草坪，不分學院仍如流碧的綠鏡。風聲盈耳，而鐘聲不傳，三十多甲地上矗立着暫時人去樓空的悲哀。風大，風追擊着我們直到法學院，「法學院」三個「草字」靜靜浮躺在無邊的綠意中，樓底小房的信揷裏，躺着幾百封趕不上隨着收件同學賦歸的遲信，您也是收件人之一。那天圖書館不開，爲您帶回再轉寄的信，是我從寂靜畫中唯一取出的收穫。

立刻就接到您的回函：「謝謝你轉來的賀卡，我的心裏充滿春天的陽光，層層的關懷融化一季的冰封。」您的信寄自南方，南方已被我嚮往成一片樂土，縱貫線伸長了筆直的雙臂欲迎接我已三十年，卻始終未能成行。家兄每學期從古城歸來，數說鳳凰花開的燦爛故事，與家姊寄自密蘇里的郵簡，同樣敎人容動心顫。而您坐鎭南方，先曉天暖，可知春的消息也已透過了錦書逐漸北來？

重溫您寄來的第一封信，激動的情懷與莊嚴的感覺並蓄而至今尤濃，我不能不讚，那是永恒的書簡。去年暑假，我已通過了轉系考試，對於已預選爲法律系班代表的您，我眞不知如何說抱歉。去年暑假，和過去的每個寒暑假一樣，我強迫自己蟄居在家，足不出戶，過着延續十年哭歌無端的心喪生活。童年的幻覺使我身心俱焚，絕對的忍耐使我萬念俱灰，您的信適時來到，千言懇切的工筆字，予我太多的鼓勵與點醒！現在我終能踏出了茵夢湖的泥淖，不再遙想只有青燈獨伴的暮齒衰顏，不再以爲童年的記憶將釘死纏死我十年百年，此刻我愉快地揮別早該揮別的童年，心中已沒有難以割捨的痛覺。

任公說不惜以今日之我向昨日之我挑戰，該是一種勇於面對良知的認定與表現。過去我有一種想法，長久以來纏繞在腦際，如夢魘般夜以繼日的侵蝕着，每當我倦極欲眠而不可得的時候，它幾乎使我漠視生命的喜悅。我所以曾那樣不顧千呼萬喚的勸阻，拚着要堅持它，現在眞正清醒了再檢討，無法不驚覺，我只似在以身作證幾部悲劇作品於現世中的眞實性！而那種情結，繫之於心，形之於外，流露在日常生活的待人接物上，久之就變成一種過度的潔癖了。過去我念玆在玆的，又何嘗不是想保持自己「絕對的單純」？大一時和您同窗，有幾次懇談的機會，深深感覺我們的個性頗爲接近，如您所笑說的，都是不可藥救的理想主義者。其實我們無意息交絕遊，與世相違，我們的血比別人更熾熱，心比別人更嚮往壯美的英雄事蹟，腼腆的外表下，靈府深處的所思所感，自信比別人更激越更敏銳。但我們爲「潔癖感」所牽，不准自己善交際的結果，自然是愈來愈拙於口辭，所有讀過和聽過的至理名言，教我們懂得太多的謙卑與隱忍，學會了太深的沉默和潛藏，「對境心不起，菩提日日長」的偈子，徒然加重了我的自虐與自囚。直到上學期，我才努力嘗試着改變自已，當我多參加一些人際活動時，心中已逐漸不再有濃厚的罪惡感。我在回覆一位同學的信中說，隨俗或許並不壞，只要是置身在一個成熟高尙的環境。沒有人天生就自甘孤獨，消除了心中對「淒美」的強烈追尋以後，此刻我的座右銘正是——樂與人同。我驀然憬悟，年華並不足以久恃，青春之美，美如杜鵑，盛開時如一炬璀璨的火把，何其耀眼，但凋熄又何其快速！過去我抱執的悲劇想法，對自已擁有的條件和青春不是一種辜負麼？而對朋友的關懷更是一種虧欠了。當我的目光不再凝固在貼壁的書架上，走出一方小小的心靈王國，迎向我的，是期待我親炙已久的陽光，是前後左右純淨的笑靨，是柳徑風聲活潑的叫喊，是青山大海和諧的招喚，我慶幸自已，又回到這個有情世界裏。

使我高興的，您也不再深藏不露了，上學期您開始擔任班代表，又當選法學院代表，外雙溪的聯合郊遊不僅是創舉，而且很成功，其他公務的推動與連絡，更使您忙碌，也使您的接觸面增廣，才華獲得展現。我深信，只要我們不存心拒絕快樂，我們就立刻會成爲喜悅之神的寵兒，而一切的憂愁悲苦也將歸於灰飛煙滅！我們內心深處執着的無窮情感，將和周遭的友誼互相包容，醞釀出的光和熱，將照亮每一張年輕的臉，煥發每一份年輕的神采，明鑒每一顆年輕的心。

寒假中您榮獲張知本先生法學獎金的消息，我已從報上得悉，正爲您勤學所致的成果感到歡愉，今天我到學校來，更得知您已當選本學期的全校代聯會主席。在此謹以素箋的一端，致我衷心的祝賀。

今年暑假，願我能一償宿願，應您誠摯的寵邀，造訪碧雲寺下的您。縱貫線上的綠野將與我一路青春作伴，我也早已知道，愈接近南方，愈有燦爛的鳳凰，迎我。

六十年四月十六日　輔大新聞

奮起湖

你不只是一個地名，後來我想。

我只是你的過客，五分鐘的落脚，你卻持贈我這般鮮活的記憶。那天我從阿里山倦遊歸來，火車滑入你這一站小駐，不由得我深眼凝視着站牌：奮起湖！你的名字就是一種啓示，一份提昇，一股震撼羣山的力量。

火車暫時熄怒，我踏在你的土上，海拔一四〇五，告別十丈百丈的軟紅黃塵，登高的人都變得素心起來。我獨不見你的水波，誰寫你的名字在千山之上？突然我欲尋訪你的第三個字。時間不允，我不能，我有些心急。

佛在靈山，靈山何在？我後來想。

「不畏浮雲遮望眼，自緣身在最高層」，陽光籠照着你，是這樣的硬朗堅實。這不是死寂的幽谷，年輕的士兵和學生起伏在此小集，整裝待發，向你的更深處邁進。一路蔓延着年輕的氣息，歌聲爲寒季撩撥出一山的春天，羣山的回響，和我滿心的歡喜。

車鳴催我，向你揮別，你不是一座湖。

你確是一座湖，當我跌入紅塵，你早移入我胸中，澎湃着我的血，阿里山的記憶因你而長存。你不再是中途站，我將永遠滋養着你，與我的血合一。這血，我終信千年之後會化碧在土中，在秋海棠的大葉裏。奮起湖，你可知葉上有一瓢洞庭，深過你許多，自我懂事以來，它激盪着我的心懷；你可知葉上有許多高山，高得你感動，我最高的願望就是站在那些山上遙俯着你。奉你之名，行你之實，誰能阻我化希望爲不朽的滿足？你是我的見證，奮起湖。

六十一年八月四日 中央副刊

在高山上

在高山上，有一種人，俯仰無愧於天地，願每一個中國人都像他們。

持槍的歲月是一湖美麗的記憶，可佩而自謙是一份淡而有味的情致。他們年輕的時候被尊爲「今之聖者」，上山持鋤的今天，全國人敬一聲「榮民」，這是中國人最可歌的樣本。

那天我們從溪頭徒步上阿里山，十餘小時的山路上，不斷看到他們。這是一條呈現四時風光的幽徑，我們深夜出發，行到半程已覺口渴，恰遇他們的一羣圍坐在林班小屋早餐。叨擾了一鍋茶水，臨行說一聲「謝謝」，卻換來全體受寵若驚的欠身答禮，他們是施者啊。

所謂小屋，只是一爿透風透雨的工寮，所謂早餐，只見稀飯和一盆青菜，他們臉上寫着安靜的滿足。

而後我們邁步在近兩千公尺的山上，與他們相同身分的幾位，是我們絕無僅見的人影。沒有任何監工，他們劈着柴，鏟着路，揮着鋤，淌着汗，突然我想起了表現中國儒家思想的「愼獨」。這才是最有資格傲嘯山林的人，只是，這裏沒有一朶閒雲。

他們笑着與我們招呼，融合大江南北的鄉音，流自憨實的嘴角，鼓舞我們繼續前進。我仰起臉來，見東亞最高峯就遙接在他們的鬢後，閃耀着白雪的光華。

在高山上，有一種人，是一盞盞最遲熄滅的燈，願我們再度上山時，也都覺得不愧對他們。

六十一年八月十六日 中央副刊

與輔大新同學幾句懇談

諸君從今天起具備大學生的身分，多年的辛勤與汗淚獲得一個美麗的評價，內心當有無窮的棲止和慰藉之感。我們謹借校刊的一端，敬致祝福之忱。

所有的聯考都已化爲陳跡，步入獲得尊重與自我充實的美境，輔園將會帶來諸般異於他校的寧靜和清新。今後四年是否爲美好的滙集，但看諸君的一念之覺哩。

此時我們不欲刻意討論做爲大學生的條件，只是鑒於眷懷中不帶懊悔成分的人居少，乃說幾句平實的經驗語，略充諸君心理準備時的參考點。首先欲與共勉的，是今後力求不虛擲每一天的時光，把握每一天則比較容易接近無愧。這是一個「有所爲」方能「有所成」的時代，假如我們無法透過飽蘊的內涵而閃光留痕，必然注定了將來的欣慰無門。假期中我們偶爾來到學校，發現典麗的校園不因我們的行走而增添嫵媚，我們的離去也不曾造成校園的減色，諸君是否也當覓求免於這種軀體的悲哀呢？

這就是說，我們樂見更多燃燈的人，神采飛揚的面孔，和不幸負自已年華的新伙伴，能夠生活踏實，而天眼漫開，絕不自限於學院裏，時刻關懷時局和社會。君不見改寫歷史的許多前輩先生，在我們這樣年歲時，已是一首首生動高越的歌！

因此諸君若問，進入大學後首要做些什麼？我們只有重覆兩個字：擴大擴大擴大！擴大交友圈，付出眞誠和協助，大學時代的友誼將是終及一生的，曾經閉關自守的人，幾乎無不後悔當時的愚昧，新來的人爲什麼要重蹈覆轍呢？擴大閱讀領域，尤其是正派的書報雜誌，圖書館裏所在多有，其中許多能發人深省，扭轉觀念，不可視爲消遣而已。擴大行路範圍，不僅可增廣見聞，免於長守塔井，更能培養仁民愛物的襟懷。

很少人不能適應輔園的生活，雖然這裏的乘車嫌擠，飲食嫌貴，現在又宿舍嫌少，我們仍怕它將慣壞了諸君。誠然它的外型之美令人震顫，但就像天下所有的美景一樣，無法眞實的納爲己有，更無法做爲諸君的外衣。我們寧願重視其中人的文化活動，亦信任自己所能貢獻的力量。我們誠摯的與諸君共爲警惕：假如在大學裏畏光畏熱，可能就會延續成長期的不見天日。

對於即將會面的諸君，我們心存互炙的盼望，團結的企求。靑史斑斑，回顧北平老輔仁彼時同學愛國愛校的光榮，我們確認，那是繼起者胸中躲不掉的烙印。

讓我們在迎新會上，迎接諸君的慧眼慧心。

六十一年九月二十一日　輔大新聞

讓這面國旗覆蓋著您

——哭薛光前伯伯

薛光前伯伯走了，他是回來以後才走的。

聯副上讀到「知病不病」未久，我們方祝禱他能享上壽，他就走了。

在他生命裏最後一段祖國行的時光，在他安息的前十天，我們相約到榮總去探望。在「謝絕訪客」的門牌下稍候，薛伯母還是招呼了我們進入。啊，這哪是過去在報紙上、電視中、機場的一角，以及中副作者聯歡會裏出現過的薛伯伯！三年來病魔侵蝕了他將近一半的體重，原本豐腴的臉龐如今已不可辨。他顫顫伸出冰涼的手，向我們吃力地吐出「多謝」二字，又緩緩睡去了。走出中正樓的病房，醫院的晴空兀自蔚藍，庭園也依然亮麗。我的思緒是如此不稱，翻攪着哀戚與沉痛，盼望着奇蹟出現，更想問一聲：「豈無天乎？」

多年以前，我在包遵彭先生的遺著「中國近代青年運動史」中，讀到父親世輔先生與薛伯伯以及莫萱元、劉脩如等伯伯，於一二八事變後，接受陳立夫、潘公展諸先生的指導，在上海從事反日愛國學運的經過。父親仍然康健忙碌，很少提到當年之事，有時在我們追問下，始說那是一段筆劍共携，勇於公戰的歲月。

薛伯伯小父親三歲，那年他才滿二十二，卽已頭角崢嶸，但始終以兄禮待父親，遇事商量而尊重，如當時歡迎抗日名將馬占山，他卽推父親任主席。輪其發言時，慷慨激昂，語驚四座，馬將軍爲之動容，頷首不已。

當時的上海大學生抗日聯合會，計有二十個大專院校參加，共維持三、四年之久。父親任常務幹事，薛伯伯任秘書長。他具膽識，有計畫，能應變，善處事，所以使上海學運成績斐然，聞名全國。

薛伯伯後來留學羅馬，返國後在交通部服務，主辦西南公路運輸，頗見成效。旅美期間，先後在西東大學及聖若望大學宣揚中國文化，流汗播種二十多年，高度評價在每一識者的心中。

薛伯伯的囘憶錄業已完稿，中英文著作多已成書，主編的各種選集也普獲重視，他可以寬心。歸隊於他矢志効忠的政黨，歸葬於祖國大地的陽明山上，他可以無憾。後死者如我，爲什麼還如此追懷呢？舉目同胞，熙來攘往，有多少人能像他這樣：辛勞一生，涓滴爲公。海外遊子，才傑輩出，又有多少人能像他這樣：以博士始，做鬪士終！

我欣見，一面國旗已爲他覆蓋。我盼望，如余光中先生多年前所寫，將來還有：

一面國旗招展
從陰山之陰到陽明山之陽

六十七年十二月八日　聯合副刊

七七抗戰紀念會

今夕何夕？又逢七七。

千載悠悠，水仍東流。曾經，唐人似以兩句詩，誌哀那河邊荒寒的遺骨，兼憐春閨依切的望眼。曾經，馬可孛羅以一支筆，畫亮了水上的橋，使得多少羅馬人，自已有大道，還神往著這條東方樂土的通衢、橋上表情互異的石獅子、漫步進城的大駱駝……。

四十二年前的今夜，不見了商旅，不見了駱駝，橋上的空氣緊張得令人窒息。河的此岸，我們嚴陣以待。

在長期的受辱之後，在長期的隱忍之後，「犧牲已到最後關頭」。突然——

怒吼，橋上所有的獅子

向武士刀，對岸的櫻花武士

於是，吉星文團長忙碌起來，祁國軒排長忙碌起來，王貫英班長忙碌起來，大家對準了只帶武士刀不帶武士道，只嗜血花不見櫻花的敵人，爲國家的生存和民族的尊嚴而奮力還擊。

於是，八年聖戰的序幕揭開了，在最高統帥　蔣委員長的一聲令下，全國總動員了。男女老幼，山陬海涯，人人慷慨頭顱，個個從容疆場——除了漢奸和共產黨。大家一顆心：打東洋，救家邦！

終於，百年不平等條約廢除了，中國的國際地位提高了，中國人民揚眉吐氣了，抗戰勝利了。

這些年來，在臺灣，中華雜誌社爲了追懷　蔣委員長的功勳，也爲了重振民族魂，年年此刻——七月七日晚七時，都在臺北市延平南路實踐堂舉行紀念會。胡秋原先生的勞神擘畫，大家的協力奔走，換來了中華合唱團的抗戰名曲獻唱，抗日老將們的親臨演講，以及獻旗八百壯士的楊惠敏女士之到場，滿座同胞愛國情緒的昂揚……。

請聽：「君不見抗戰之旗已高擧，光榮的勝利須爭取。効死此其時，恥作懦男女！」

請看：觀衆席上靜默流淚的白髮老先生，高聲與臺上合唱「大刀歌」的中年男士，他們回到了犧牲享受——以及一切的時光。

請來：青年朋友們，今天請提早共襄盛擧，此擧非干懷古，不是感傷。來銜接自己安身立命的血緣，擴大自己超越島域的眼光，學習和長輩一樣，與我們偉大而不幸的祖國，進行地久天長的戀愛！

又逢七七，今夕何去？

六十八年七月七日　人間副刊

愛情小辭典

首先你須肯定，它和美德一樣，不僅是一個名詞。年輕與否，單戀或者雙和，這些後來都不重要。重要的是它曾經展開，於你的心河裏淌著一片關懷，在自己的苦樂之外。成功與否，咫尺或者天涯，這些後來都不重要。重要的是你從此知曉：它遠離仇恨，無計虧損。你即使付出了痛苦的成長，卻也收獲了可貴的成熟。當你的白髮侵老境，回首前塵，縱有缺憾，也該還諸天地。這時你或許驚異：它的定義就是一生一世的關懷。這樣綿綿密密，拂拭不去。

六十八年八月廿九日　聯合副刊

寄陳若曦女士

若曦女士：

「聽說思鄉是一種癌症，無藥可醫，除非還鄉。」您回到了闊別十八年的老家，當有無限的親切與快慰之感。我們熱烈地歡迎您，也捨不得您匆匆又走了。

您走後，我們在讚佩您的才情和坦誠之餘，忍不住想向您請教。我們非常喜歡您的作品，也非常感激您的貢獻。從「尹縣長」到「文革雜憶」，使許多人瞭解了對大陸同胞和中共政權愛憎的分野，更牽動了不盡的家國之痛和人性之思。我們常想，最感激者必還是大陸上受苦的靈魂，因爲您是他們的見證人。

若曦女士，請恕我們直言：去年十二月高雄暴力事件發生後，您與留美作家水晶、李歐梵、於梨華、秦松、許芥昱、許達然、莊因、葉維廉、鄭愁予、翱翱、聶華苓、藍菱等位先生女士，聯名發表致蔣總統的公開信時，不知您是否對發生在老家的不幸事件，多做了一些見證的工作？

聯名信在海外傳播甚廣，它既然是公開信，國內同胞應該也有知的權利。據我們瞭解，它的全文是這樣的：

「著名作家王拓和楊青矗於十二月十三日被臺灣警備總部逮捕，震驚海外，尤為我們這一羣來自臺灣的海外作家深深關注。

我們認為王拓和楊青矗是純正的人道主義者和愛國作家。他們參與社會活動是希望促進社會進步。他們的作品流露充沛的民族生命力，表現了知識分子熱愛國家的情操，以及勤勞的中國民族性，實在有助於國際對臺灣民主自由的了解。

當今人權在世界各地受到有力的維護，但是王拓和楊青矗卻在紀念『人權節』之後被捕。我們感到非常遺憾。在『民主政治學臺北』的號召中，他們兩位作家卻失去自由，這不但是文藝界極大的損失，也嚴重影響政府的威信，破壞海內外同胞的團結。

我們熱切希望先生以寬容的胸懷，以民族團結為重，釋放王拓和楊青矗，則不僅是中國文壇之幸，也是民族之幸。」

若曦女士，據我們所知，這封公開信的簽名者中，許芥昱先生並非「來自臺灣」，於梨華、秦松和聶華苓等三位先生女士，也時常做些直接或間接傷害我們的事。不過，這些都不要緊。我們想向您討教的是信中的部分內容：

一、王拓和楊青矗兩位先生被捕，我們和您一樣感到惋惜。他們在捲入「美麗島」漩渦之前，的確是純正的人道主義者和愛國作家。王拓先生前幾年還接受我們的邀請，談張愛玲的小說、寫維護鄉土文學的論文等，爲青年朋友所重。楊青矗先生的一系列「工廠人」小說，更使我們熱血澎湃。但是，若曦女士，「事未易察，理未易明」。王楊兩先生加入「美麗島」集團以後，是否尚能保持過去的誠摯純潔，就非您和我們這些局外人所能詳知了。不過由「美麗島」的文字和行動來看，容我們說一句不太寃枉它的話：那是一個排他性很強的團體。它不但看不見政治立場上敵對者的優點，自己內部的複雜成員中，最後也是「劣幣控制了良幣」，不然有純正人道主義者和愛國作家參與的團體，怎麼會做出傷害同胞的不人道之擧呢？王楊兩先生投身政治之後，忘記了孟母三遷的古訓，反而與「劣幣」們羣居終日，以致喪失了自主權，是最可痛惜的事。

二、您在公開信中說，王楊兩先生是在「紀念」人權節之後被捕。若曦女士，我們不知道公開信是誰執筆的，但「紀念」二字的確是美麗的遁詞。一百八十位憲警先生的血可以白流，被打落的牙齒可往肚裏吞，但是海內外同胞的耳目不可盡掩，作家們的良知理性不可盡蔽！

您只宜呼籲政府當局「法外施仁」、「有容乃大」，但這有一前提：「美麗島」集團做錯的事不能說成對的！若曦女士，黃信介先生都知道他的手下做錯了，您們的公開信怎能「護短」如斯？

若曦女士，我們欣見您回國後態度作了修正。經過十天的實地訪問後，您在離臺的記者會上說：「王拓、楊青矗不幸捲入這次暴力事件中，我個人覺得很遺憾，一個作家的成長並不容易。

當然，只要證據確鑿，就應該接受法律制裁。如果沒有其他陰謀，我希望當局能夠寬大。」這樣的說情或許對其他涉嫌者不公平，但是大致使是非對錯有了一個交代。我們盼望您除了把蔣總統「一切依法處理」的表示轉告給海外關心者外，還能把高雄暴力事件的眞相，告訴其餘十二位聯名的作家們。

若曦女士，您對「中國人」的肯定，最爲我們所服膺。您離開大陸後尤其體認到，中國人民即使最平凡者，本身也是數千年歷史文化的結晶，「自有尊嚴」。是的，這一番「有感」就足以證明您無愛於臺獨，您在國內並公開表示反對暴力。我們認爲，專制和暴力都破壞了人的尊嚴；破壞了中國人尊嚴的政權或力量，我們都不愛！

若曦女士，爲了一個民主自由的中國，我們都珍重！

六十九年二月三日　時報雜誌

虎的探索

他和我同年生，當然也屬虎。

那一年，中國的悲劇業已鑄成，排山倒海的巨變過後，仍有波濤相盪，海峽的水也洶湧著不安。在兩岸，他和我分別來到了動亂的人世。不同的空間，註定了我們日後不同的際遇。

少年時代，我早出晚歸忙著要聯考，他南奔北跑在當紅衞兵。那時我每天抽空讀報，「造反有理」的圖文報導，往往令人觸目驚心，但又覺得何其遙遠。

覺得和他接近，是直到去年的事。「探索」的內容外流以後，臺灣的讀者們一覺醒來，全都看見了他的名字，以及二十世紀的巴斯底監獄。我更熱切尋覓有關他的一切資料：身世、作品、近況和評論。一年下來，剪貼簿裏滿載了對他的關心。

他是一名覺悟甚早的紅衞兵。文革的第二年，已深知自己成爲被利用的工具，於是「決心殺他個回馬槍」。行動的結果，換來了「反江青」的罪名而入獄三個月。現在四人幫已倒，代之而起的新階級們卻更以「反革命」的罪名，判他十五年的重刑。從「反江青」到「反革命」，從三個月到十五年，中共領袖的進步表現在那裏呢？

十八歲那年他回到了安徽老家，耳聞目睹百萬以上的同鄉死於非命。「重災的十幾個縣，地皮龜裂，井河乾涸，災民們爬行數十里找不到一滴水珠，成批成羣地活活渴死，僵殍遍野。據傳還有割開死人的血管，喝人血來解渴的事情發生」。處於這樣的境況，西方詩人所謂「不長夜哭泣，不足語人生」的做法，顯然不能濟事。因此，他化痛哭爲思考，轉悲哀爲探索。十年的思考與探索，終於使他的名字，成爲大陸青年智慧和勇氣的代號。

眞的，大陸青年已經傳出了這樣的誓語：「一個魏京生被判，千千萬萬的魏京生會挺身向前！」

自由世界的編輯也寫下了這樣的標題：「是中共審判了魏京生？還是魏京生審判了中共？」

他對共產黨的審判，上溯馬列，下及華鄧，直言今日大陸的悲慘落後，就是來自愚昧的「四個堅持」。他明白而莊嚴地向世人宣告：

——馬克思主義正是利用人們懶惰和怯懦的妄想心理，靠允諾無限滿足任意願望的大話來吸引和欺騙羣衆的。

——如果要延續毛澤東式的無產階級專政，就沒有民主可言，也實現不了人民生活和生產的現代化。

——鄧小平把各種罪名加給民主運動，企圖把華、鄧政治體系無力挽救中國經濟和生產的責任強加給民主運動，再一次拿人民作他們政策失敗的替罪羔羊。

然而，中國人民豈可長久的受愚？九億生靈又豈甘強制的沉默？魏京生是虎不是羊，他登高一呼，直指馬克思主義的烏托邦承諾，實在無異於江湖騙術。而要使中國大陸的政治走向民主，當務之急就是進行社會制度的改革，人民首應牢牢掌握委託和監督的權力，選舉和罷免的權利與程序必須獲得保障。他以這些「順乎天理，應乎人情，適乎世界之潮流，合乎人羣之需要」的大義相責，從來不知眞民主爲何物的共產黨，就只有對他嚇之以刑了。

但是，「虎嘯不是羊叫」。虎在籠中仍是虎，何況他早已聲揚萬里，撼動大地。毛澤東說過一句自己後悔的話：「人民、只有人民，才是改變世界歷史的動力。」如今，魏京生一人可捕，同情和支持魏京生的萬民不可盡辱。當他們同心協力，齊寫歷史的新章時，自承「絕對不行仁政」的政權，還有置喙的餘地嗎？

同樣屬虎的人，必有笑眼相看的一天，在解凍春回的中華大地上。

六十九年二月十八日　聯合副刊

夢裡盧溝

「從來沒見他，夢也如何做?」

這座中國現代史上最有名的橋，我見過。

島上生長的我，見過它。從小到大，橋的容顏像幻燈片般，以諸貌一一出現在我眼前：「盧溝曉月」的刻碑，表情繁富的石獅，暗影凝聚的橋孔，荷槍護橋的戰士，烽火連天的周遭，以及民族領袖和今總統分別臨立的留影……。一張張天涯咫尺，一幅幅歷久彌新，魚貫地簡報了橋的歷史，縮寫了我們民族的血淚。

橋有七百多年的歷史。我實不知，這座兩百三十五公尺長，近九公尺寬的傑構，當年施工時灑落了多少人的汗水？可以確定的是，橋上四百八十隻白石鏤砌的獅子，全都是四十三年前民族血淚的見證者。那年七月七日的深夜到次晨，日軍侵略的鐵蹄來犯。在橋東，吉星文團長和所屬們奮力還擊，一排好男兒為祖國捐出了他們的明天。

這座橋成為中國永不屈服的象徵，民國史上最壯烈的一頁由此揭開，最光榮的一頁也由此奠定。中國人早就知道，橋上的獅子當場知道，日本人後來才徹底知道，黃帝子孫是不能久辱的。從九一八到七七前夕，中國人嚥下太多爲了將來而做的隱忍，日本當局卻錯以此爲可欺，愚昧地廣植了失敗的種子。當「三月亡華」的幻覺破滅，正是抗戰歌聲響遍大地山川時。

中國抗戰所要保衞的，也就是我們今日力言復興的民族文化。抗戰初期的一個新年，牛津大學全體敎授在致蔣委員長的賀電中表示：「英國人士對於中國文化學術的眞義與價值，過去不無懷疑之處。但時至今日，一方面鑒於狹隘國家主義的橫暴相仇，一方面鑒於中國反日態度的莊嚴鎭靜，究竟誰是世界文化的領導者，我們已無疑點。」

一向崖岸自高的英國人口吐此言，實在饒富意義。這段話也說明了中國人抗戰的目的，不在多殺傷，而在制侵凌。只要保得國命民脈，莊嚴鎭靜的中國文化——它表現在中國人的生命態度上，自能泱泱而立，生生不息。

是的，盧溝橋上的獅子鎭靜如許，所以完好無恙。日本人的砲火轟不倒它，共產黨的整肅鬪不倒它，它依然挺立。那些無法辱及它的，也都與我們的文化傳統無關。當這座橋再度爲中華民族莊嚴的生命力見證時，我必實地走向它去，含淚跪擁，如對母親。

六十九年七月六日　人間副刊

金門印象

「沒到金門的嚮往金門，來到金門的愛金門，離開金門的想金門。」說這話的是金防部的主任曹將軍。這位陳若曦女士筆下的善飲者，一派儒將風範，笑意盎然地和我們同從臺北起飛。

臺北的土佬如我，今番是頭一囘離開臺灣。前幾年遊澎湖，感覺「出臺灣還有臺灣」，此次初謁金門，想到「出臺灣還有福建」，心中不由一喜。

飛機俯身降落時，我看到了神馳已久的這片綠地。三十年前的金門童山濯濯，如今樹木千倍於人口，歷來官兵的辛勞可知。

金門的孩子教養最好。出了機場，車子行經中央公路，沿途孩子們一派天眞，對我們行童軍禮。一路禮遇下，我們來到了郵票中的莒光樓。

金門的女子不讓鬚眉。莒光樓的簡報小姐，身着自衞隊制服，矯健中不失嫵媚。她們上馬殺賊，下馬擧炊，剛柔並濟，能幹得教人慚愧。

我們勾留最久的，是民俗文化村。臺灣的鹿港也有個民俗館，不過樓名「大和」，十足的日本味。金門的民俗村則不然，堂堂的「太原」橫匾，說明了主人是山西子孫。村內的古器連屋，價值連城，卻多開架擺設，我們如置身於君子之家，受到主人熱情和信賴的接待，久久不忍離去。

古寧頭中外馳名，訪者自多，但很少人像我們這樣，白天實地參觀，晚上在附近欣賞「古寧頭大戰」的影片。曹將軍告訴我們，這部片子有些外景是在澎湖拍的，因爲今天的金門到處是樹，不復舊樣了。金門的進步，使得自強特展和林務所裏的檔案照片，如隔世紀。

來賓過去能夠參觀的「別有洞天」，大約只是擎天廳。我們這回有福了，不但壯遊中央坑道，而且深入可容千牀的花崗石醫院，夜居比美臺北的迎賓館。後二者都是最新落成的地下構築，設備之佳、工程之偉，安全之無虞，唯親歷者方能嘆爲觀止。

懷著感激和高粱酒，我們揮別了金門。回程的飛機上我在想：洪荒留此山川，做英雄世界；而英雄們變洪荒爲金湯，讓當代和後世都看看，中國人既然愛好自由，就沒有躲懶和屈服的習慣。金門所堅持的，正是「有種」二字。

在迎賓館的門口，我曾隨手撿起一塊小小的花崗石。在金門，它俯拾皆是。帶回臺北，客廳中從此添一勝景。它凝聚了力與美，象徵著英雄們的藝術氣質。

六十九年十二月廿日　中央副刊

我們只有一位國父

——請放過國父史蹟紀念館

我在最近出版的時報雜誌第七十期上，同時讀到兩篇不能忘懷的文字。一篇是林大悲先生的「沒有泥土那有花——與林主席談保存文化資產」，一篇是李利國先生的「上天易，下地難——臺北市地下鐵的一些觀察」。前者談到林安泰古厝的拆建問題，後者令我怵目驚心的，是其中一幅配圖的說明：「即將拆除的國父史蹟紀念館」。

中山北路復興橋下的國父史蹟紀念館，是　國父於民國二年十一月杪來臺時的行館，當時稱爲「梅屋敷」。民國二年討袁失敗後，　國父曾經秘密抵達臺灣，接見同志翁俊明等，並赴中南部各地，然後於十二月初離去。停留臺北期間，　國父主要就住在這裏。

二十年前我還是個小學生，常有機會隨着長輩來此參觀。目睹偉人當年的寢舍，遙想其革命的行誼，我在滿懷孺慕之餘，依依不忍遽離。

記憶中，史蹟紀念館的環境極爲清幽。國父行館前有說明牌，不遠處有總統　蔣公的立碑，旁邊是史蹟的展覽廳。行館是舊式雅築，牆上有 國父的墨寶「大同」、「博愛」等，還記得，長輩不准我走上蓆墊，即使脫鞋趨前也不行，因爲這是 國父睡過的地方……。

前幾年，我舊地重遊。首先發現，史蹟紀念館大門的左側，原有的「國父遺教研究會」會址已被拆除，成爲拓寬後的北平路了。然後，展覽廳也變更用途，改爲「張老師」的辦公室了。當我來到行館，看見一大羣青年朋友坐臥其上，還有人比賽翻觔斗，嬉笑打鬧成一片，在 國父睡過的地方。

我一點也不怪他們，因爲說明牌和墨寶都已被拆除一空。青年朋友無由知曉這段歷史，只有我這個自尋不快的人，站在一旁強忍着淚。

國父孫中山先生啊，請原諒我的無能。我忝爲您的國民，不能維護您在臺灣僅存的行蹟。如今，更令人震驚的消息終於傳來！剛才我實地訪問，證明了此事的不虛。

奉命拆除的好漢們，下令拆除的先生們，我以研究中國現代史的小兵身分，向諸位保證，這不是一處普通的老屋，而是中華民國的一座聖殿。我們只有一位 國父， 國父在民族復興基地——臺灣留下的唯一行館，一旦摧毀就無法還原。諸位能在日後依稀指認說，「這條地下道，就是 國父睡過的地方」嗎？

請諸位看在自己國籍的分上，放下刀斧來。在文明與野蠻之間，在我的感激和日後歷史的譴責之間，做一抉擇。

請看在和共產黨比賽紀念 國父的分上，在建國七十年的此刻，放下諸位的刀斧來！

七十年四月十三日 人間副刊

回首羊城三月暮

三二九這天，都想些什麼？

我從小想到大。一些記憶，越磨越亮。

小時候，住在大屯山下，朝見觀音，暮見觀音，進城是件稀罕事。一年總算有幾回，父親帶我到中山北路的天橋下，在國父史蹟紀念館裏度過了假日的晨昏。父親時當壯年，教學之餘，兼理一個設在同址的學會業務。每到此地，大人無暇，我就繞過鄒容堂，走進幽雅的展覽廳，做一名小小的參觀者。

那懸在壁上的，除了 國父的墨寶和英姿外，還有先烈們的身影，或臨風而立，或加銬而坐，或凝血而臥。抬望眼，那是我第一次面對不幸的留痕，卻無所懼，就像靜靜俯視我的先烈一樣。

長大後，那一張張不懼的臉，配合逐漸被我熟悉的事蹟，時常湧現心頭。有時在武昌街見到周夢蝶先生，猛覺進入時光隧道，因爲他長得眞像徐錫麟。錫麟剖心，夢蝶無恙。我爲夢蝶慶，也知道錫麟的時代過去了。

但我們拜那個時代之賜何其多！沒有秋瑾的寶刀在握，沒有林覺民的與妻訣別，沒有七十二健兒的酣戰春雲湛碧血，沒有 國父的堅持理想付諸行動，我們何來今天的國籍和身分？前幾年讀到古添洪先生的詩，他說：「覺民啊秋瑾啊你們不要哭不要哭。」是的，覺民體無完膚，秋瑾身首異處，但民國終於肇建，他們或可無憾了。

我不知，烈士的時代何時重臨？我已知，如今民國只在一隅！一隅的青年們，忙碌或者安閒，假日雙溪烤肉的路上，車過忠烈祠而渾然不覺。回首羊城三月暮，覺民啊秋瑾啊，你們不要哭不要哭。

三二九，放假天，車停不停？

七十一年三月廿九日　人間副刊

第二輯

飲菊花茶

前年夏天余光中先生還在國內，正值「望鄉的牧神」出版，我們到士林的文藝山莊拜訪他。談到寫作的態度和理想時，余先生的幾句話，令我至今記憶猶新。他說：

「有的人寫作是但求無過，我是更求有功。」

他又說：

「我們讀時下的一些作品，常會覺得如喝白開水，我則求我的作品，令人讀來如飲菊花茶。」

一篇不朽的文學作品，所以能禁得起時間的考驗，風行許久而不衰，自有其不同凡響的地方。我們固不必太過注重文字的技巧，但文優質美的作品，往往激起我們再讀的興趣，甚至百讀不厭永烙腦海；反之，一些淡而無味的文字，我們讀後猶如過眼雲烟，稍縱即逝，像喝白開水似的，只帶給人一時的解渴作用。

「文章千古事」，我們不妨將眼光放遠一些，一篇作品在送交發表之前，必先求通過自己這一關，再將它細細咀嚼、細細修潤一番，總求對創作的內心有所交代，然後才呈現在萬千的讀者面前。如此，則必有萬千個喜悅的心靈，如浸飲着菊花茶般，所感受的，是撲鼻的清香，和無窮的回味。

五十九年五月　純文學

闡述三十年代的民族文藝

王集叢先生頃在中央副刊撰文，介紹三十年代反擊「中國左翼作家聯盟」的第一軍——民族文藝運動，使得年輕一代的朋友，瞭解前賢護國的辛勤。王先生本人從抗日戰爭起，即以「關切民族盛衰存亡、人民權利義務、社會生活苦樂的思想感情為主」的三民主義文學，做為研討和鼓吹的對象，他的文學理論活動，「可以說是王平陵領導的民族文藝運動之延續的發展」（任卓宣先生語）。所以由他來介紹這一頁歷史，至為恰當。

民國十九年（一九三〇）年三月，「中國左翼作家聯盟」成立於上海，它是中共文藝工作者與魯迅、茅盾「誤會消除」後的產物。這個簡稱「左聯」的組織，是一個以文學為招牌而積極撩撥政治風暴的團體。「左聯」散發傳單，鼓動工潮，又派代表出席江西蘇區大會，籌組蘇聯文化參觀團，幫助「上海青年反帝大同盟」的鬪爭活動，不少成員更「走到工廠裏面從事實際革命」，不一而足。在各個刊物上，尤見黨同伐異的喧囂。三個月後，終聞抗聲初傳，這就是「中國民族主義文藝運動宣言」。

民國十九年六月，王平陵、黃震遐、傅彥長、朱應鵬、邵洵美（王先生文中被誤排爲邵詢美）、李贊華、汪倜然、范爭波、徐蔚南、葉秋原（有些新文學史書誤爲胡秋原先生，不確。胡先生是持文藝自由的立場，兩年後與「左聯」進行激辯的）諸先生，在上海發表該宣言，提倡民族主義文學，與「左聯」的「無產階級文學」對抗。如王先生所述，他們創辦了「前鋒週報」、「前鋒月刊」和「文藝月刊」，而「開展月刊」、「長風」亦有相關文章；此外由潘公展先生主持的上海「晨報」，胡健中先生主持的杭州「東南日報」以及「黃鐘文藝月刊」等，也對民族主義文藝鼓吹甚力。「前鋒週報」第二期中載有朱大心先生的「劃清了陣線」一詩，可爲他們心聲的代表：

劃清了陣線
我們起來作戰
爲民族而奮鬪
看旗幟的招展
起來
馬克斯列寧的養子們
起來

賣身投靠的養子們

我們在今天

刀對刀　劍對劍

「文藝月刊」創刊號「達賴滿的聲音」一文，則以全社同人的名義對左翼作家勸言：「你們所追求的，始終是海上的蓬萊，可望而不可卽；而無數量民衆們所拜賜的，卻都是現實的苦痛。」可惜復可哀的是，那些魯迅筆下「破落戶的漂零子弟」，在幻想「共產主義天堂」之餘，何能預見自己飛蛾撲火的景象！

「中國民族主義文藝運動宣言」是一篇重要的文獻，它首先明揭，當時中國文藝界深深陷入畸形病態的發展進程中，混雜的局面呈現了危機。因爲從事新文藝運動者努力改革形式而忽略充實內容，「致使一切殘餘的封建思想，仍在那裏支配一切，這是無可諱言的」。同時，那自命左翼的所謂「無產階級文藝運動」，企圖將藝術葬送給「勝利、不然就死」的血腥鬪爭，並以「藝術不能不以無產階級在這黑暗的階級社會之『中世紀』裏面所感覺爲內容」。因此宣言體認到中國的舊文藝已傾圮，而新文藝的建設過程中，卻產生如此階級意識的活動。在這兩種極端的思想中，還有許多形形色色的局面，每個小組織各擁有一主觀的見解，因之中國新文壇藝壇上滿呈零碎的殘局，使得該運動的成就殊少，紛擾殊多，而發揮之日難期。

至此，宣言進入重點。它指出藝術在最初的歷史紀錄上，業已明示其所負使命。「藝術作品在原始狀態裏，不是從個人的意識裏產生，而是從民族的立場所形成的生活意識裏產生的」，作品所顯示的不僅是藝術家的才能、技術、風格和形式，同時也是那藝術所屬的民族產物。自古以降的藝術，皆可看出民族的基礎，例如埃及的金字塔及獅身人面獸，希臘的建築物和雕刻，在在展露其各個民族的精神和宗教信仰。中古的封建制度逐漸沒落，民族的意識愈見勃長，文藝復興所以能爲近代藝術開一端倪，卽因它從哥德藝術的羈絆中創造了民族藝術。文學亦然，可從希臘史詩到我國詩經國風上獲證。文藝復興所以亦替近代文學開端，乃因但丁和喬叟各努力將其所屬民族的語文做爲文學表現的手段，在英國由於喬叟的努力，造成伊麗莎白王朝及其後燦爛的文學時代。據此可以明瞭文藝的起源——也就是它最高的使命，是發揮所屬的民族精神和意識，換言之，「文藝的最高意義，就是民族主義」。

民族主義文藝的充分發展，一方面有賴政治上民族意識的確立，一方面也直接影響政治上民族主義的確立。就前者言，民族文藝的發展必伴隨以民族國家之產生，這由近代全球歷史皆可證明，政治和文藝發展的出路都集中於民族主義，而文藝隨著政治推進，故民族文藝的確立，必有待於民族國家的建立。就後者言，以捷克斯拉夫爲例，由於該民族藝術的確立，歐戰後就見其民族國家出現。因此可知，文藝必須以民族爲基礎。

但民族主義文藝的內容何在？它指出民族是一羣人種的集團，其形成「決定於文化的、歷史的、體質的及心理的共同點，過去的共同奮鬪，是民族形成唯一的先決條件；繼續的共同奮鬪，是民族生存進化唯一的先決條件」。所以民族主義的目的，不僅在消極維繫那一羣人種的生存，並在積極發揮其力量和增長其光輝。而文藝是屬於某一民族，爲了某一民族，並由某一民族產生的，其目的不僅在表現所屬民族的生活情趣、民間思想及宗教，同時在排除所有阻礙民族發展的思潮，在促進民族向上發展的意志，在表現民族於增長已身光輝的進程中一切奮鬪的歷史。因此民族主義的文藝，不僅在表現那已經形成的民族意識，同時，並創造那民族的新生命。

民族主義文藝者最後重申，中國文壇當時的危機是對文藝缺乏中心意識。突破並開展之道，是從歷史的教訓裏，集中努力於民族主義文藝的創造。而他們正在肩負這個重要的使命。

「中國民族主義文藝運動宣言」，載於「前鋒月刊」創刊號，說明了在國難日亟中，一羣愛國者對民族統一和意志集中的肯定態度。該月刊第五期登載了黃震遐先生的小說「隴海線上」，述及作者以一位青年軍人的身分，參加討伐閻馮戰役歸來後的心境；第七期又刊有同一作者的劇詩「黃人之血」，寫成吉思汗之孫拔都元帥西征的故事。另外，邵冠華先生在申報刊出的「醒來吧，同胞」，蘇鳳先生在民國日報發表的「戰歌」，甘豫慶先生在申報發表的「去上戰場去」，沙珊先生在申報登載的「學生軍」等，皆屬民族主義文藝者鼓吹抗日救國的詩篇。

三十年代的民族文藝，既然反對將藝術拘囚在階級上，當然遭致「左聯」的不滿。魯迅除了一再展開對王平陵先生個人的投匕之外，並且接二連三的撰文攻擊，用了一連串不雅的名詞，做為對這種死敵的稱呼。為魯迅唱和助威的，是「左聯」又一戰將瞿秋白，他亦撰文三篇，首篇特別表現出共黨對當時國民政府統一全國行動的懼恨，因為統一之首務就是剿共安內。在那篇「上海戰爭和戰爭文學」中，瞿秋白終於表明所謂「中國革命普洛（羅）文學」應採的態度，就是「反對進攻蘇聯」、「擁護蘇聯」。對於這樣的文字，我們的感想正是一句回敬的話：「永含著戀主的哀愁」。

綜觀左翼作家對民族文藝的批評，既不涉理，更暴露了彼等「認錯祖國」的思想。誠如丁淼先生在「中共文藝總批判」中指出，三十年代民族文藝的提倡，基本上就是積極地要達到中華民族的獨立自主完整，消極地要反對帝國主義的侵略，尤其是針對當時貪得無饜得寸進尺的日本，所以它實際上就是一種抗日的文藝運動，但卻被魯迅「惡補」學來的唯物辯證法說成了「親日反蘇」。由「反蘇」二字我們想起了中共的「武裝保衛蘇聯」，由「親日」二字我們想起了魯迅自己，而為他早一步死在全面抗戰的前一年而慶幸。否則飽享日租界的庇護，飽受日本朋友內山完造照顧的這位「世故老人」，將何以堪？更不論假如他能活到那個「延安文藝講話」的年代了。

由於動亂和時間的湮沒，三十年代的民族主義文藝史料，保存下來的極少，致使任何一本中國新文學史書，有關此部分的論述皆嫌不足。這個令人遺憾的缺失，竟在將近半個世紀後的今天獲得彌補，實在可喜。

任卓宣先生終於在舊書店買到一本內容完好的「民族文藝論文集」，而於去年九月將它影印出版。這本厚逾四百頁的文集，收入二十八篇，大多數可用下列四項主題分類：一、民族主義文藝的理論及其方法論，二、三民主義文藝的理論及其方法論，三、世界文學運動概況及幾個民族文藝作家的史實，四、以民族主義作中心的各項藝術論。

第一項中除宣言外，包括「論民族主義」到「第二次世界大戰爆發前的中國文學」，第二項包括「宣傳是否文學」的論辯到「文藝與三民主義」，第三項包括「世界民族藝術之發展」到「黑人文學中民族意識之表現」，第四項包括「中國的繪畫與民族主義」到「中國的建築與民族主義」。另有「其他」項，包括「五卅慘案在文藝上的影響及其批判」到「初陽旬刊發刊辭」。作者共二十二位，包括周子亞、許尙田、程景頤、潘公展、傅彥長、何酒黃、孔魯芹、馬星野、王通權、林振鏞、金平歐、葉秋原、楊昌溪、朱應鵬、楊民威諸先生。

由於這本文集之重現，任何一部公平的新文學史書，至少都要修改增添有關民族文藝的理論部分，方屬完備。我們期盼立信顯正的新文學史之發皇，正如同雪萊「西風之歌」裏的希冀：

文藝似向不醒的大衆
作預言的喇叭
如乾枯的樹葉
來鼓舞新穎的誕生

現代中國文學的任務，最主要應該是爲民族的喜怒哀樂而呼號。三十年代的民族主義文藝鬪士們，歷史可以見證，他們透過理論和創作，已經打過一場維護的仗了。事後他們是這樣沉靜，沒有一個人訴說自已的成績，但是誰屬勝利者？他們的對手——左翼作家們，固然引起硝煙瀰漫，但天下哪有永不散滅的火花？世人淸淸楚楚看到的卻是這樣一齣起沒：從普羅文學到毛澤東崇拜。彼等個人的前途、文學的前途，以至民族的前途，都被導向深淵，這是中國悲劇的一面。

幸而不是全面，東海上仍有一道淸流，它是千千萬萬中國人心靈的活水。讓我們來珍惜、寶愛、光大、滙合，再造民族文藝的新機。

六十六年九月二十三日　中央副刊

裴多菲的名詩

六十七年三月十五日的中央副刊，登載了姚燮蘷先生對「躍向自由」一文的讀後感，闡述立陶宛籍船員西瑪斯寧死毋赤的悲壯經歷，與原文有先後輝映之美。姚先生在結尾處引下面四行名詩，指爲法國羅蘭夫人的血淚之作：「生命誠可貴，愛情價更高；若爲自由故，兩者皆可拋！」

其實，此詩是匈牙利愛國詩人裴多菲的作品。裴多菲（Petofi, 1823-1849）以詩人身兼革命家，久被匈人視爲爭取自由的象徵，其詩也爲該國帶來文學革命。他常從民謠中擷取題材，介紹一種直接率眞的風格，一種明朗未飾的結構，而表現出寫實的特色。他的形體生命雖然短暫，但在十九世紀的歐洲文學史上，業已保有不朽的一席。

羅蘭夫人（Madame Roland, 1754-1793）則以另一名言聞世：「自由自由，天下多少罪惡假汝之名以行！」她目睹身歷法國大革命後的恐怖統治，而在犧牲前吐此悲語，這也印證了當代西方一位哲人所說的：「當暴力發生時，自由則消失於事變過程之中。」可見羅蘭夫人所痛感的，是「假汝之名以行」的暴力和罪惡，而不是否定眞正的自由，這與裴多菲的名詩，可謂血脈相通。

六十七年三月三十日　中央副刊

王貫英雄

多少次我在臺北重慶南路的書店流連，傍晚時分，常見一位老人踏著三輪貨車，踏著漸濃的暮色，沿街停停駛駛而來。滿車的廢紙雜物，擋板上寫著「山東丐民」「興學專車」和「廢物助人」「復興文化」等字樣，身後車緣的兩面青天白日滿地紅國旗，隨風鼓舞。

他就是王貫英先生。

藉著各種傳播媒介的報導，我更進一步的知曉他。王老先生每晨五時即起，不避風雨寒暑，踏車在臺北街頭拾荒，而將所得從事善舉，二十餘年如一日。據去年四月的讀者文摘刊載，王老先生已拿出大約七萬五千元做爲助學金，資助了一百二十多位清寒學生。又捐贈價值十萬元以上的中國經史書籍，給海內外各大中學，以提倡對中國古典文學與哲學的研賞。

這位當年鎭守盧溝橋抗敵禦侮的老兵，堅持一個信念：不論個人地位如何低微，仍能獻身社會，服務人羣。因此他居陋屋，啖粗食，辛勞節餘全都拿來濟世。今天「貫英圖書室」也已啓用，我從電視上看到這位堅毅老人的眼神，似在吐露麥帥當年的名言。

華夏子先生曾在中副撰「唐君宏毅」一文，記當代哲人唐君毅先生。爰採此意，題「王貫英雄」四字，向王老先生致崇高的敬意。

六十七年四月二十日 中央副刊

五四的旗不落

這篇文字嘗試說明五四運動所受的誤解，期與青年朋友共塑「不畏強權」的抱負，「有容乃大」的胸襟。

余光中先生曾以現代文藝工作者的眼光，說「五四已駝背，新青年已老」，更宣布為它下半旗誌哀。本文則站在中國人研究現代史的立場，追緬前賢血淚筆劍救國的情懷，略為他們平謗白垢。也想說：在這個低頭為己的時代，我寧見五四的旗不落、燈長明。——作者

身為現代中國問題的關心者，最感痛惜的就是我們「拋卻自家無盡藏」，將許多可貴的「現代傳統」拱手讓敵，對五四的評價即為一例。

五四運動所聲討的政治體制，正與國民革命的對象同一，所鼓吹的反侵略及獨立自主，正為孫中山及蔣中正兩位先生平生志業之所在。符節既然相合，有些人卻視此段史實為猛獸，避之猶恐不及，而為敵人所暗喜。今天中共的史書貪天之功，將五四運動的種種歸諸己力，卻諱言五四

所揭櫫的民權。我們似乎也怕談到事件進行時的激昂面，但是，「年輕時不激昂，什麼時候激昂呢？」

蔣公曾引用明朝一位教育家的話來警醒青年：「學者唯中立病難醫，凡一切悠悠忽忽，不激不昂，漫無長進者是。」五四運動就是一羣羣愛國者不肯悠忽過日的奮鬥歷程。北洋政府說他們「糾衆集會，縱火傷人」，現在也有些人隨聲附和，不分辨他們的對象及目的。興中會與同盟會難道不是糾衆集會嗎？十次革命是否也難免縱火傷人？在今天這個不激不昂的時代中，不少人「鬪鷄走狗過一生，天地興亡兩不知」，絕難想像過去有這麼多志士在拋頭灑血，救國喚民，乃認爲此等良心運動是「莫須有」，就這樣把民國史上光榮的一頁掩去了。

爲中國統一鋪路

對五四運動的誤解，主要來自三方面：

一、有人批評五四運動違法亂紀。鄭學稼先生答覆得好：北洋政府賣國有據，怎能說是人民的政府？其官吏漁肉百姓之罪罄竹難書，怎有資格責民違法亂紀？北大等校學生所傷的，是賣國賊而非公僕，所抗拒的政府，正是盜竊國柄而成爲國民革命對象的民賊機構。

明乎此，我們就了解孫中山先生何以讚許五四運動。他尤其對因之增輝的新文化運動給予高度評價，認爲是「人皆激發天良，誓死爲愛國之運動」。而「吾黨欲收革命之成功，必有賴於思想之變化，兵法攻心，語曰革心，皆此之故。故此種新文化運動，實爲最有價值之事」。我們考察國民革命史即可明白，蔣總司令領導北伐所以能夠速收戰效，北方青年所以景從依歸，五四運動有啓廸人心之前功。它曾爲中國統一做過舖路的工作，也爲民主憲政立下參考的榜樣。它在政治上所表現的是由下而上的抗議，所爭取的是「莫之能禦」的歷史正流。

二、也有人認爲五四運動大肆攻擊傳統文化。關於這一點，杜維明先生說得好：「知識分子的反孔對儒家不無澄清整治的功勞，因爲思想要靠激盪才能新生，眞理要靠辯難才會明朗，儒家愈接受西方觀念的挑戰，也就愈能增強自己對內的凝聚力和對外的適應力。」但是以暗箭方式在內部腐蝕儒家的軍閥政客們，卻利用尊孔讀經的口號，將孔孟之道變質爲向帝王思想投降的假忠孝節義。五四以來才智之士所唾棄的儒家，實在是一些政治化的象徵符號，這些符號是和孔孟之道貌合神離，甚至背道而馳的。「要想利用儒教以達成個人專制的野心家更是一登臺就原形畢露，那裏眞能獲得一般民衆的心悅誠服」。

以更多民主防民主之弊

五四人物眼中的「固有傳統的代言人」，正是袁世凱、孫傳芳、張宗昌之流。在那個危急的時局下，他們自然難以用回溯的眼光來謳歌孔孟。何況清末以來社會的黑暗和人心的積弊既深且廣，否則孫蔣兩公也不必先後提倡「心理建設」及「新生活運動」。今天我們的政治遠較軍閥時代清明，社會不公不義的現象也改善許多，但政府領袖如蔣經國先生仍感不滿意，要求輿論界善盡職責，對各種不良現象要口誅筆伐。相形之下，許多人的道德勇氣是否能夠追步前賢呢？

三、許多人怪罪五四引介異端和引狼入室，導使許多知識分子日後被馬克斯主義所吸引。關於這種看法，徐訏先生在「自由主義與諧和論」中說：「那些先進民主國家的帝國主義面目，使人無法相信民主理想的眞正意義。」胡秋原先生演講「中國之前途」時也指出，在華盛頓會議口惠而實不至後，中國知識界的偶像漸由威爾遜轉向列寧。提倡「德先生」的陳獨秀轉爲俄化的先鋒，其部分心態正可由此處探尋，他是「感時憂國者所托非人」的悲劇典型。我們研究民國史也可得知，孫中山先生後來同意「聯俄容共」，原因之一就是西方民主國家對待南方政府的何其不仁！

中山先生引述過美國一位政治家的名言：「吾人當以更多之民主，來防止民主之流弊。」不幸的是，馬列主義輸入中國以後，爲求宣揚或堵塞，主動或被迫地造成了各種遠離民主的言行擴張。大陸所以淪陷，正因民主的實踐過程受到破壞而不足——並非過剩——所致。五十年代「北大」爆發反共抗暴的「新五四運動」，就是在向共產黨爭民主、爭自由，他們又爲中國青年運動史寫下可歌可泣的一章！

不要替少數壞人背黑鍋

今天國內青年所受的思想教育，守常尙可，處變不足。偏偏敵人夜以繼日地在海角天涯對我們展開爭奪戰，爭青年、爭歷史、爭「唯一」、爭將來。相形之下，我們不僅心理上的休假太多，而且有關教材的一些論調實令親痛仇快。「綜合月刊」一月號登載了郭冠英先生的「請勿亂動剪刀」，他呼籲政府不要替少數做壞事的人揹黑鍋，此語正可援用到對五四運動的評價上。有些動輒顧忌、無端心虛的人士對五四愛國運動的否定，使我們政府在替迫害學生的軍閥揹黑鍋，這是多麼不值！任何一樁事件或運動，「賢者識其大者，不賢者識其小者」，五四的大者是國格人權，小者是北洋政府的斥責令。兩者之間應該如何取捨，其理甚明。

當代青年應從五四運動中，體認大學在思想和社會改革上的重要地位。　中山先生曾在民國九年致海外國民黨同志信中說明這種看法：「自北京大學學生發生五四運動以來，一般愛國青年無不以革新思想，爲將來革新事業之預備。於是蓬蓬勃勃，發抒言論。國內各界輿論，一致同唱。各種新出版物爲熱心青年所舉辦者，紛紛應時而出，揚葩吐艷，各極其致，社會遂蒙絕大之影響。雖以頑劣之僞政府，猶且不敢攖其鋒。」他接着指出此種新文化運動，在當時中國誠爲思想界空前的大變動。推原其始，「不過由於出版界之一二覺悟者從事提倡，遂致輿論大放異彩。」此處　中山先生暗示「新青年」等雜誌與五四運動的密切關係，事實上從排滿的「民報」起，出版物對革命或改良運動都表現了重要的力量。大學生更在五四運動中擔任了主導，爲知識分子的責任心立下好榜樣。我們這一代青年蒙受國家社會更多的垂顧，當不讓五四人物「愛國喚民，事事關心」的精神專美於前，請再聽一遍羅家倫先生在六十年前的呼聲：

中國的土地可以征服不可以斷送！
中國的人民可以殺戮不可以低頭！
國亡了，同胞起來呀！

六十七年五月　綜合月刊

趙翼的名詩

六十七年六月三十日中副發表了雅欣女士的大作——走進了「這一代」。她申述孔子所說的三十而立，並引「四十五十而無聞焉，斯亦不足畏也已」這兩句話爲惕，使我想起了林肯總統的名言：「年過四十的人，應該對自己的面孔負責。」可見不分中外古今，聖賢豪傑都勉人把握光陰，厚植實力，並變化氣質。

雅欣女士在同文中有一段話卻值得商榷，她說：「語云『江山代有才人出，各領風騷數十年，』大概也是在他們三十歲到六十歲這數十年前後吧！」

「江山代有才人出」一詩膾炙人口，作者趙翼，號甌北，是清朝江蘇陽湖人，辭書上說他「性倜儻，精史學，其詩與袁枚、蔣士銓齊名」。坊間到處可見的「二十二史劄記」即爲其作，他還著有「甌北詩集」、「十家詩話」等書。這首「論詩」原爲：

李杜詩篇萬口傳，而今已覺不新鮮；

江山代有才人出，各領風騷數百年。

此詩說明了時代潮流的沖激巨大，勉人推陳出新，做文學的英雄。雅欣女士將「數百年」記成「數十年」，認爲是指「人才」三十歲到六十歲這數十年前後，而不及於對後世的影響力，與原詩的旨意略有出入。

「做學問要在不疑處有疑」。筆者尤其認爲，加上了括號的字詞應力求忠實於原文，以免前人之意受到誤解，徒添引證者的困惑。

六十七年九月二日　臺灣日報副刊

五四歷史不容篡奪

五四運動發生於民國八年，今年是它的一甲子紀念。「韶光留不住，容易成秋暮」，六十年前為了救國而奔走呼號的新思想導師和學生領袖們，現仍健在者已經不多；六十年來，隨著各種有意無意的歪曲，健忘或誤解這段史實的人比比皆是。加上它的最大篡改者——中共的全力變貌，「紫之奪朱」的現象就日漸嚴重了。

為了規正這個重要政治和思想運動的眞相，本文根據史料，述其起因、經過與影響，並指陳中共塗抹五四史實之例，期能還「民國以來第一大事」一個簡明的原貌。

·「國亡了，同胞起來呀！」

五四事件最主要的起因，亦即其目的所在，就是抗日救國。北京學界於遊行當天發表的宣言中，明白揭櫫的「外爭主權，內除國賊」八字，可謂五四目的之重點闡釋。這篇宣言所顯示的愛國精神，有位史學家比之為集體的「非希特告德意志國民書」。讓我們看看它的內容：

「現在日本在萬國和會上要求併吞青島，管理山東一切權利，就要成功了！他們的外交大勝利了！我們的外交大失敗了！山東大勢一去，就是破壞中國的領土！中國的領土破壞，中國就亡了！所以我們學界今天排隊遊行，到各公使館去，要求各國出來維持公理。務望全國工商各界，一律起來，設法開國民大會，外爭主權，內除國賊。中國存亡，就在此舉了！今與全國同胞立兩個信條道：

中國的土地可以征服而不可以斷送！

中國的人民可以殺戮而不可以低頭！

國亡了，同胞起來呀！」

這篇宣言表現出「吾土吾民不可輕侮」的壯懷，起稿者就是後來被中共誣爲「反動文人」的羅家倫先生。羅先生時爲北大學生領袖之一，與同學傅斯年等合創「新潮」雜誌，提出「批評的精神」、「科學的主義」和「革新的文詞」，當作其出版物應採的三原素。「新潮」聲援「新青年」及「每週評論」所倡的改革，這三份刊物同爲五四運動貢獻了催生的力量。羅先生在日後回憶時表示，五四那天上午十點鐘，他從城外的高等師範學校回到漢花園北京大學新潮社，同學狄君武推門進來，說是當天的運動不可沒有宣言，北京八校同學推北大起稿，北大同學命羅先生執筆。以時間迫促，不容推辭，他就站著靠在一張長桌旁邊寫成該文，交君武送李辛白經營的老百姓印刷所，到下午一時許，印成二萬張散發。而此文雖然由他執筆，但是寫時所凝結的，卻是大家的願望和熱情。

這篇站著寫成的白話宣言，論者認爲簡潔生動，反映出文學革命的效果。事實上，五四當天還有一篇用文言寫的較正式宣言，在集會和遊行時未及印發，事後卻散布全國。它也印證了一種看法，就是彼時許多新知識界的領袖們，不但能寫流利的白話文，而且能寫暢美的古文。它的最後一段是這樣的：

「夫至於國家存亡，土地割裂，問題吃緊之時，而其民猶不能下一大決心，作最後之憤救者，則是二十世紀之賤種，無可語於人類者矣。我同胞有不忍於奴隸牛馬之痛苦，亟欲奔救之者乎，則開國民大會，露天演說，通電堅持，爲今日之要著。至有甘心賣國，肆意通奸者，則最後之對付，手槍炸彈是賴矣。危機一髮，幸共圖之！」

「手槍炸彈」是內除國賊的聲言手段，其實五四當天下午四時半，遊行隊伍抵達趙家樓二號曹汝霖宅時，學生們可謂赤手空拳。當時尚屬守舊派的「東方雜誌」，在報導這段經過時也只能表示，學生們擁入曹宅的初意是在「質問」。結果臨場「打倒賣國賊」的呼聲愈形憤激，局面無法控制，才發生了北洋政府事後頒布斥責令中所說的「縱火傷人」之舉。誠如「五四運動史」的作者周策縱先生指出，五四事件在中國近代史上能佔獨特地位的原因，得力於事後發展之處，超過了遊行示威的本身——北京學生隨即開始組織全國新知識分子，也試著經由宣傳來喚起民衆。在此過程中，他們開始和不識字的廣大人民密切連繫，並獲得新商人、工業家和城市工人的強有力支持，這是向下紮根的工作。

五四事件後有三十二名學生被軍警逮捕，傳將受到審訊和處決。隨後北洋政府又授權使用軍力來鎮壓，造成更多學生的被捕。　孫中山先生此時住在上海，立刻表示支持學生。他對參與五四示威的青年，曾以充分的關注和最大的熱情去吸收；接見北京學生代表時，總要暢談三四個小時。有一回接見上海學聯會的程天放先生，也表示同情學生的義憤。　中山先生指出，中國當時最大的敵人是日本，日本雖強，工業上卻先天不足，要靠對外貿易才能維持國民的經濟。學生們實行抵制日貨是很有效的方法，「不買日貨，就可以在經濟上致日本的死命。希望大家堅持到底，不要虎頭蛇尾。」同時，他又領導廣州軍政府的總裁們，向北洋政府致電抗議。電文如左：

「頃聞北京學生，爲山東問題，警告曹汝霖、章宗祥、陸宗輿諸人，發生傷毆之舉，有將爲首學生，處以殛刑，並解散大學風說，不勝駭詫。青年學生，以單純愛國之誠，逞一時血氣之勇，雖舉動略逾常軌，情有可原。且此項問題，何等關係？凡屬國民有常識者，無不奔走駭汗，呼號以求一當。義憤之餘，疑必有人表裏爲奸，則千夫所指，證以平日歷史，又安得不拚命以伸公憤？眞象若何？當局自能瞭解。倘不求正本之法，但藉淫威，威於何有？以此防民，民不畏死也。作始也微，將畢也巨。此中機括，繫於一二人善自轉移，執事洞明因果，識別善惡，宜爲平情之處置，庶服天下之人心。敬布胸臆，願熟察焉。」

民國八年六月二十八日，巴黎的中國代表拒絕在對德和約上簽字，這說明了事件發生以來，學生運動擴大爲全民愛國運動的效果。「蔣總統秘錄」裏也指出：「這是在中國外交史上劃時代的表現，是向中外宣示——中國的主權屬於國民的意志，決不爲強權壓力所屈服。」此外，五四當時的政局也有利於此擧的成功。重要的原因之一，就是對立於南方的革命政府，常使得北洋政府在擧手投足之間感到牽制。同時我們知道，國民黨是彼時唯一足以抗衡北洋的實力政黨；新思想的領袖如蔡元培、吳稚暉、李石曾、錢玄同、蔣夢麟等先生，也都是國民黨員。

·是正流，難怪流得遠

今天大家提到的五四運動，已不僅是指五四及隨後的示威而已。周策縱先生即採廣義的看法，他擧出下列各項理由，認爲這個運動影響了社會多方面的巨變：

1. 那些鼓勵民衆遊行示威、罷課罷工和抵制日貨的領導人物，有不少正是提倡新文學、新思想和社會改革的新知識分子，而他們在思想上行動上的反對者，自稱爲「固有傳統的代言人」，實則是陷孔子於不義的官僚政客腐儒等。

2. 當時思想改革家反軍閥、反強權活動的根據，乃是早期一羣知識分子所鼓吹普及的民主思想。由此看來，五四的示威抗議等活動，實在是更早兩三年就開始的新思想運動之必然結果。

3. 許多跟示威運動關係密切的學生領袖，自始就覺得五四的眞精神不止是單純的愛國主義，而是基於對民意至上、民權至上和思想覺醒的信念。他們活動的宗旨不止是要推翻軍閥的統治，所關心的也不限於外交問題。在示威事件展開後，他們對社會與思想的改革，和對愛國運動一樣，付出了極大的心血。

本乎此，周先生在爲五四下定義時，即指出其爲一複雜的現象，包括了新思潮、文學革命、學生運動、商人罷市和工人罷工、抵制日貨，以及新知識分子其他的社會政治活動。凡此皆由於日本的二十一條要求，加上巴黎和會山東決議案後的愛國情緒所激發，且因學習西方及盼望在科學及民主的光照下，重估傳統以建設新中國的精神所致。

這種心態，就是夏志清先生所說的「感時憂國」。任何運動都是由人推展開的，五四的志士們對中國政治社會和文化思想的強烈關懷，造成這個運動在各方面的深遠影響。我們今天業已享有或仍在追求的許多事物，不少正於當時啓其端。「中共興亡史」等書的作者鄭學稼先生也認爲，五四運動是一個綜合名詞，可另稱之爲實現現代化「民族國家」的民族統一運動。當時有識之士的論斷是：要喚醒「睡獅」，必須啓廸民智，也就是需要啓蒙運動，它的工具是白話文學；同時爲求知識於世界，啓蒙運動家們努力輸入西方的新思潮。這些歷史任務的總稱，就是五四運動。

五四事件後不久，「新文化運動」一詞逐漸流行起來，孫中山先生也號召全體黨員予以支持。民國九年一月，他在一封致海外同志的信中就說：

「自北京大學學生發生五四運動以來，一般愛國青年無不以革新思想，爲將來革新事業之預備。於是蓬蓬勃勃，發抒言論。國內各界輿論，一致同唱。各種新出版物爲熱心青年所舉辦者，紛紛應時而出，揚葩吐艷，各極其致，社會遂蒙絕大之影響。雖以頑劣之僞政府，猶且不敢攖其鋒。此種新文化運動，在我國今日，誠思想界空前之大變動。推原其始，不過由於出版界之一二覺悟者從事提倡，遂致輿論大放異彩，學潮瀰漫全國，人皆激發天良，誓死爲愛國之運動。倘能繼長其高，其將來收效之偉大且久遠者，可無疑也。吾黨欲收革命之成功，必有賴於思想之變化，兵法攻心，語曰革心，皆此之故。故此種新文化運動，實爲最有價值之事。」

中山先生此處所說的「出版界一二覺悟者」，卽指「新青年」等雜誌。主導五四運動的北京大學，於民國六年起在蔡元培先生掇掌後，提倡學術自由和學生自治，也造成「新青年」集團與北大的聯合，陳獨秀、胡適、錢玄同、劉半農、沈尹默和魯迅等文學革命提倡者，都應邀前往任教。左舜生先生認爲，蔡校長是一位革命者和愛國者，給了青年一種打破當時腐敗政治的感召，他又是一位強烈的知識追求者，做了青年向思想文化方面努力的引路人。由此可見，政治的興替和民主科學的提倡，實有賴於覺悟的出版界和自由的學風來鼓吹。

五四運動的政治意義，是在保衞辛亥革命的成果，導引日後北伐的開展。「外爭主權」和「內除國賊」二語，正與國民革命的兩個口號——「打倒帝國主義」和「打倒官僚軍閥」相同。「中國近代青年運動史」的作者包遵彭先生並且歸納，五四反抗日本帝國主義的猛烈侵略和要求收回喪失的國權，與爭取中國自由平等的民族主義相合；它的糾正和監督北洋政府，與要求人民管理政治的民權主義相合；它的抵制日貨和提倡國貨，與主張發展實業的民生主義相合。其中要收回喪失的國權，就是要廢除不平等條約，包括「二十一條要求」和「中日軍事協定」等。蔣公在「中國之命運」裏明白指出：「這些國恥，違背我國民的希望，侮辱我國民的自信，激起我國民強烈的革命要求。五四運動就是這種要求最鮮明的表現。」所以，五四對國民革命軍的北伐，立下了啓廸人心的前功，這是它對「中華一統」所做的舖路之貢獻。

五四也爲「民國萬年」的憲政，立下了參考的榜樣。「新青年」等高唱民主，依「學鈍室主人」李璜先生的分析，民主的精神在於自由平等兩義。具體言之，就是要在一國之內，人人有思想、信仰、言論、出版與集會結社等的自由權利；人民的身體及財產，有非依國家法律不得隨意加以侵害等的平等權利，「這叫做人權，也叫做民權」。由此我們可以明瞭，五四人物鼓吹的民主思想，已爲日後的中華民國憲法所肯定，且與三民主義的有關風貌相同。從神權到君權到民權，「世界潮流，浩浩蕩蕩，順之者昌，逆之者亡」；五四運動在政治上所表現的，是由下而上的抗議，所爭取的，也無非是「莫之能禦」的歷史正流，難怪它流得遠。

・共產黨，你說什麼話？

五四事件後兩年又兩個月，中國共產黨才成立於上海。中共建黨的當時，正如「中共史論」

作者郭華倫先生的分析，既缺乏社會基礎（當時中國產業無產階級祇占全國人口的百分之零點三七，婦女兒童還占其中相當數量），又沒有階級覺悟（產業工人大部分是剛由農村流進城市的農民、手工業者和小資產階級的破落戶，他們充滿了農民意識、行會觀念及流氓思想，沒有建黨的覺悟和需要），而是第三國際和俄共的強制移殖。無怪乎今天中共的「民族主義」，就表現在與「蘇修」力爭俄式馬列主義的正統上。

然而，竊國者不忘竊史。就像對待七七的史實一樣，中共想把五四據為己有。毛澤東是領銜的歷史「描紅」者，他說：「五四運動是在當時世界革命號召之下，是在俄國革命號召之下，是在列寧號召之下發生的。」五四既被毛澤東視為「當時無產階級世界革命的一部分」，一九六二年出版的「中國共產黨歷史講話」，就對此註釋說：「在十月革命的巨大影響下，在中國社會經濟情況和階級關係的新變化的基礎上，爆發了五四運動。」這是將五四運動的功勞送給外國人，且套上唯物史觀和階級鬪爭的模子，也配合了共產黨將「中國現代史」由此時寫起的規定。

毛澤東並不以此為足，他還拿五四做分水嶺，把新文化運動一分為二：「在『五四』以前，中國的新文化，是舊民主主義性質的文化，屬於世界資產階級的資本主義的文化革命的一部分。在『五四』以後，中國的新文化，卻是新民主主義性質的文化，屬於世界無產階級的社會主義的文化革命的一部分。」這段話沒有明確提及「五四」本身，於是一九五一年上海出版的「中國新民主主義革命回憶錄」，第二篇選文就補充說：「五四是中國新民主主義革命開始的大波。」這篇署名劉弄潮所撰的文章接著更表示，這個大波「是以共產主義知識分子爲首的，以無產階級文化思想爲領導的遊行示威。」

這段話對五四的歪曲，已經到了令人吃驚的地步。五四遊行示威的本身，是學生們基於救國意念的緊急集結，自有起因和導火線，但現場並無任何政治勢力爲之前導，它純粹是自動自發的愛國壯舉！何況當天擔任三千名以上學生行進總指揮的，正是日後爲中共所痛詆的傅斯年先生。如前所述，遊行時沿路散發的「宣言」之起稿者，也正是日後的反共健將羅家倫先生。羅先生在遊行隊伍到達東交民巷受阻時，是進入美國使館留下說帖的學生代表之一，我們從當日的圖片中也可看出，他在遊行時走在最前面。中共的史家費盡心機，也難在數千位示威者中，覓得幾名「共產主義知識分子」。大家不要忘記，五四事件後的兩年又兩個月，中共舉行成立的「一大」時，全國才只有五十七名共產黨員！

中共還要面對下列兩組問題：

1.既然早在民國八年，共產主義的知識分子就能夠「爲首」，無產階級的文化思想就能夠「領導」這樣大規模的運動，爲什麼正式組黨後，第三國際還要百般努力，將中共寄養於中國國民黨內？到了民國十三年國民黨召開第一次全國代表大會時，「五四運動的領導骨幹」李大釗，爲什麼還要卑微地提出投靠國民黨的聲明書？

2.毛澤東既然誇稱，五四以後的中國文化，已屬於世界無產階級文化的一部分，爲什麼數十年來還要發動多次的文藝整風？爲什麼到了六十年代，他還不得不斥責大陸文壇走到了資本主義、修正主義的路上，以致非清算「五四以後」的三十年代文藝作家及其作品不可？

誰是「五四運動的領導骨幹」？中共除了抬出李大釗外，自然不忘稱頌毛澤東、周恩來、魯迅等人。

李大釗因爲早死，又留下一些關於馬克思主義的論文，所以廣受中共現代史書的好評。在李璜先生的印象中，李大釗性好活動，並非留意理論的學人；其對西方的知識基礎，也不及「老理論家」陳獨秀。他在「布爾塞維克主義的勝利」一文裏，指出歐戰終結的眞因，乃是人道主義、和平思想、公理、自由和民主主義的勝利，他推演到那也是「赤旗的勝利」、「世界勞工階級的勝利」。這種說法，顯示出他並不瞭解俄共革命的理論與實際內容。今天中共在恭維「偉大先驅李大釗同志」之餘，有沒有想到：人道主義、和平思想、公理、自由、民主主義等觀念與行動，與自己絕緣多久了？

五四事件發生時，毛澤東在長沙敎小學。七月十四日，他創辦並主編「湘江評論」週刊。中共的「史家」後來說，「湘江評論」是在傳播馬列主義工作上，「思想性最高的刊物之一」。蕭三編述的「毛澤東同志的青少年時代」一書也表示，「湘江評論」是倡民主、科學和新文化的有名報紙。中共在香港出版的「中國現代學生運動簡史」更說，它是五四時期「反帝反封建的戰鬪性最強的刊物」。

「湘江評論」一共衹出版五期，就於八月上旬被查封。它的內容與影響力，根本不及「新青年」和「每週評論」。毛澤東後來也告訴美國籍的紅色記者史諾說，直到次年十二月他再度北遊時，才有機會閱讀「共產黨宣言」等譯本，「接受馬克思主義是歷史的最正確解釋」。鄭學稼先生指出，即使衹是「共產黨宣言」，也非當時的毛澤東所能懂。就是把它由日文重譯爲中文的陳望道，由於受限於馬克思主義的知識水準，實際上對它也不瞭解。要等到三十年代出版梁贊諾夫的共產黨宣言解說後，大多數左傾知識分子才比較明白。這就是五四爆發之後，毛澤東「傳播馬列主義工作」的眞相。

周恩來於五四事件後，在天津領導學生參加示威遊行，不久並成立了「天津學生聯合會」等組織。據「周恩來評傳」的作者嚴靜文先生研究，五四運動當時，周仍衹是托爾斯泰式的人道主義者，對於中國的革新，必須經過像俄國那樣的大流血一事，深表懷疑。他並且主張，工人和資本家應該協調分配利益，以解決勞工問題。換言之，周恩來參加五四後的示威活動，完全不是如毛澤東所說的，受到了「當時世界革命號召」、「俄國革命號召」和「列寧號召」而發。他之成爲共產黨員，是後來的事了。

最後說到魯迅。魯迅生哀死榮，被毛澤東捧成五四以後共產主義文化新軍的「最偉大和最英勇的旗手」。一九五三年上海出版的「五四運動史」一書，作者華崗也把魯迅列爲「和李大釗同志並肩領導民主啓蒙運動的偉大導師」。

我們不否認，魯迅在中國新文學史中自有其重要地位，「狂人日記」、「阿Q正傳」等小說，也開中國寫實主義文學的先河。但是魯迅果如中共所說，以一個「革命知識分子」之身，「推動」了如火如荼的五四運動嗎？

當時擔任北洋政府教育部僉事的魯迅，對於北京大學生的愛國壯舉反應如何？他在民國十四年回憶道：

「現在有誰經過西長安街一帶的，總可以看見幾個衣履破碎的窮苦孩子叫賣報紙。記得三四年前，在他們身上偶爾還剩有制服模樣的殘餘；再早，就更體面，簡直是童子軍的擬態。那是中華民國八年，即西曆一千九百一九年五月四日，北京學生對於山東問題的示威運動以後，因為當時散傳單的是童子軍，不知怎的竟惹了投機家的注意，童子軍式的賣報孩子就出現了。」

這就是毛澤東筆下「偉大的革命家」，未經粉飾的，對五四事件所能有的觸想。魯迅又怎能料到，這個和他的頂頭上司——北洋政府過不去的運動，後來會被塗抹成「當時無產階級世界革命的一部分」！而日後中共加諸他身上的各式讚語，眞的，多半是不相干。

中共今天對待五四運動的心情，可謂既愛且懼。愛的是它芬芳青史，竊食有味；懼的是它鼓舞青年，防範無力。從五十年代「北大」的「新五四」運動，到最近爭人權、爭自由的「啓蒙社」等組織，在在成爲中共的芒刺。圖佔歷史的地位又害怕歷史的影響，成爲中共不可解的矛盾。我們確信，受到五四精神衝擊的中國青年，永遠是禍國殃民者的死敵。一旦他們全面奮起，必將喚起民衆，共敲那暴政的喪鐘。

六十八年四月六日　聯合副刊

一個忍不住的春天

——從大字報看大陸民主運動

神州陸沉三十年，中共政權今天也正面臨著「三十難立」的困境。四人幫被打倒已久，繼起的中共當權派處理人權問題的實際表現，證明了凡屬共黨，都是治下人民願望的扼殺者。我們最敬佩大陸上無數的自由鬪士，他們身上流著中華民族不屈的血液，活學活用「那裏有壓迫，那裏就有反抗」這句話，向共黨的極權和敎條迎戰。在艱彌厲，歷久彌新。

去年十一月起，大陸上的民主運動迭起高潮，大字報和地下刊物等蔚然成風，其中有許多道破了共黨無可藥救的根本弱點，而爲海內外人士所擊節。本文現專就內容外流的大字報，來探討大陸同胞的思路與行動。

橫眉冷對共黨指

大陸女青年傅月華因爲支援「上訪」農民，呼籲酒肉朱門的中共領導人解決民權和民生問題（她發動衣不蔽體的農民高舉「反飢餓」、「反迫害」的橫額，高呼「要民主」、「要人權」的口號，在北平遊行），而於今年一月十八日的侵曉，在家中被公安局宣武分局的人綁架而去，成爲此次人權運動中的第一位被捕者。其後兩個月內，傅的家屬和北平的人權組織，都在西單大街的民主牆上貼出大字報，表示強烈的抗議。

傅的家屬指出，她被拘留和秘密審訊已達兩個月之久，超出了「國家逮捕拘留條例」所賦予公安部門三天拘留權限的二十倍，「這說明了什麼問題？」「此事發生在打倒四人幫三年後的今天，豈不令人大吃一驚，目瞪口呆？」人權組織的大字報題爲「扣押傅月華是否合法？」譴責中共的非法捕人，是「蔑視人民羣衆，向民主進行的無恥挑釁」。大陸人民對公安機構的痛惡，另可由上海的大字報看出，有一巨幅標語就公開表示：「上海市公安局扼死民主剝奪人權破壞憲法罪責難逃」。這種民不畏死以抗劊子手的表現，當令中共爲之色變。

中共的「憲法」明載，公民必須擁護共產黨的領導，這是二十世紀的一個怪現狀。爲了佯示民主，它也臚列了若干「公民權」，其中包括運用大字報的權利，大陸同胞以此做護身符，使得「憲法」成爲中共的負擔之一。而人民心中對「公安部長」出身的華國鋒會有怎樣的評價，也不難由這些大字報中推得。

鄧小平的作爲又如何？他於今年三月猛烈攻擊人權志士，中共當局也就在該月內先後遍頒禁令，通告各地都不准衝擊黨政軍機關，可見必有事因和中共的心悸。北平等市的通告中特別規定，禁止任何反對社會主義、無產階級專政、共產黨領導、馬列主義和毛澤東思想的大字報等出現，這顯示中共灌輸了三十年教條的失敗和心虛。

中共隨即在北平、上海、杭州、包頭和其他城市，逮捕了張貼批評性大字報和參加集會遊行的志士，造成恐怖氣氛的增長。在這樣的高壓下，上海仍有大字報提出反擊，指責通告「踐踏民主」、「壓制人權」，稍早也有大字報寫上七首打油詩，諷刺中共當局的鉗制民主，它的內容可辨識如左：

其一：天若有眼天亦老，安邦治民要鋼刀；爾輩小丑敢跳樑，抬頭看看新「六條」。

其二：有人悲歌有人笑，只緣人間無舜堯；大街小巷飛桎梏，莫談國事最重要。

其三：好笑好笑眞好笑，窮鬼竟想吃蛋糕；悟空棒下難留軀，問你民主要不要？

其四：廣場尊嚴比天高，「謹防假冒」妙又妙；反正中國人太多，廣場比人還重要。

其五：回去打牌有多好，偏在廣場瞎胡鬧；此地不是「美利堅」，看我袋裏有手銬！

其六：快跑快跑快快跑，做事要把「妙頭掃」；民主要有「黨領導」，不讓你講就拉倒。

其七：赤日炎炎似火燒，野田禾稻半枯焦；農夫心內如湯煮，公子王孫把扇搖。

凡此說明了大陸人民並非愚不可及，他們業已洞悉中共標榜「發揚民主」的僞善，以及迫害鎭壓的眞相。最後一首詩更讓大家瞭解，中共特權階級的罔恤民情，並未因四人幫的倒下而改變；「赤日炎炎似火燒」的句子，不正是直指「紅太陽」的暴虐麼？

拉貝大之歌

新聞自由對大多數的中共幹部來說，是一個聞所未聞的名詞，還要待大陸人民來爲他們啓蒙。去年十二月二十二日，北平西單的民主牆貼出了第一期的「四五論壇」，發刊詞上特別指出：「九百六十萬平方公里的中國，除臺灣省外，現在還沒有一張非官方報紙。」這說明了大陸同胞對臺灣民主實例的認知，以及對自由表達的渴望。

問題還不僅在官方與民營之別。就像蘇聯人民嘲諷俄共的「眞理報無眞理，消息報無消息」一樣，民主牆上這份「四五論壇」的空隙處，就有讀者接著寫出了譴責：「在人民日報內，沒有人民；在光明日報內，黑暗一片；文滙報是專橫的報紙，欺騙人民。」事實上，欺騙人民是中共所有宣傳工具的共通性。「李一哲」之一的李正天，前幾個月接受日本讀賣新聞的訪問時，就表示贊成下面這種看法：「如果一個國家的報紙沒有辦法報導事實眞相，這個國家就沒有希望了！」不配治國的共產黨可以沒有希望，但大陸人民爲了救自己，爲了救中國，在極度欠缺言論及出版等自由的環境下，只有奮不顧身地利用大字報和地下刊物，來抗議暴政，抒發見解，探討前途，並且譜出了「拉貝大（Liberty）之歌」，歌頌自由和民主。

今天大陸同胞所爭取的民主，內容都是合理而早該享有的，只是中共三十年的統治，在這方面交了白卷，所以特別感到惶悚。自由世界也當欽佩他們在當權者長期的愚民政策下，能做這樣準確的投矢。例如，去年年底出現在北平清華大學門口的大字報：「我們要的是眞正的民主」，就向中共提出了八項要求，所學的反證都掀開了「不行仁政」者的底牌。其中第一項就指控：「如果像今天一樣，一方面高喊給予公民言論自由，另一方面又定下苛刻的六大標準來區別香花與毒草、人民與敵人，試問這與四人幫時期給人民言論自由，又定下許多的戒律，又有什麼不同之處？若硬要說有所不同，也僅是標準和範圍的不同，實際上是換湯不換藥。」第三項也將了共產黨一軍：「既然憲法規定我們有示威、遊行的權利，請問現在我們要遊行示威，抗議日本人蠻橫侵犯中國領土釣魚臺，及外交部的軟弱態度，請問行嗎？」這個問題結合了民族主義和民權主義，中共的頭痛可想而知。

文字收功日，大陸革命潮

「人是生而自由的，但卻無往不在枷鎖之中」。貴州啓蒙社創辦人之一的李家華在發表其詩作時，引用了盧梭的這句話。大陸同胞對於此語，尤其是切身痛驗。進而言之，今天大陸上只有官辦的「人民團體」，每一個民主黨派都由中共的專職幹部主持日常事務，人民並沒有眞正結社的權利。朋友在一起聚會聊天，也有被人當靶子、上臺戴帽子的危險。因此大字報指出，「這樣的民主根本不是旗幟，而是一塊遮羞破布」。它同時體認到，沒有一個民主國家會用管、關、押、扣、批、整、殺、判、鬪、壓的十字眞訣，來強迫羣衆接受政治運動，更不會強迫開會、討論、學習、聽報告、研究、讀報、看書、發言，甚至連自由思考的權利也沒有。因此，「這樣的民主，誰要？」

清華門口的大字報最後明白表示，今天大陸上根本沒有人權可言，所以他們要爭取的是眞正的，而非處處是陷阱的民主，並要求立刻宣布人權法案。「爲了爭取民主和自由，我們再次重申——準備把牢獄坐滿，把牢底坐穿」。這種抵死爭自由的精神，雖以共黨之橫暴，聞之亦當膽寒。

風起雲湧的大字報等已向世人透露，大陸同胞痛惡共產黨的統治方式。「探索」雜誌第三期的社論：「是誰製造事端？是誰造成惡果？」就是特爲答覆二月十二日「人民日報」對民主運動的汚衊而作。「探索」指出，如果「社會主義秩序」不是保障人民的民主權利，而只是保障少數人壓迫人民，無視人民要求的權力，「人民就沒有理由來維持這種秩序」。

然而暴政不推不倒，也不會容易到一推就倒。抗議傅月華被綁架的一張大字報對共黨當局說：「舉起你的屠刀吧，就再來一次『四五』吧！民主戰士從來到民主牆前的第一天起，就做好了犧牲準備。」它表現出大陸人民「所惡有甚於死者」的悲憤心情，但是臺灣和海外的中國人，如何忍見同胞們面對鎭壓的槍托或彈雨？大字報已奏人心裏應之功，大陸民主革命的終底於成，猶待我們貢獻外合之力。正如法籍反共鬪士鮑若望先生的淚語：「在臺灣的中國人不這樣做，就是背叛了自已的民族。」讓我們共促大陸上一個忍不住的春天全面脫穎而出！

六十八年五月二十九日　聯合報

短訪夏志清先生

時　間：民國六十八年十月廿五日

地　點：臺北市中泰賓館八三三室

夏志清先生於十月間應聯合報之邀返國，停留了一個星期左右，那個星期的忙碌是可以想見的。二十四日晚間，「書評書目」的主編陳恆嘉先生來電，通知我在次日共訪夏先生於其所寓的中泰賓館。以事出突然，夏先生的著作我都因置於辦公室而臨時無法查閱，只好就記憶所及，匆匆草擬了五個問題，準備向夏先生請教。

五個問題都跟書評或書目有關，不過頗嫌粗淺：

1. 夏先生在「中國現代小說史」第二章的註釋裏，提到鄭學稼先生的「魯迅正傳」，表示鄭先生對魯迅的批評過於苛酷。「魯迅正傳」現已增訂了五倍篇幅，內容也較初版爲公正客觀，未審夏先生注意及否？

2. 「中國現代小說史」的中譯本終於出版了，這是讀書界的一件喜事。據我所知，臺灣版和香港版的中譯本在內容上不盡相同，而以後者更爲完整，這是可以理解的。不過臺灣版卻少了不必也不該省略的書目和索引等，能否於再版時補上？

3.夏先生在另一部新書「新文學的傳統」的首篇中，對朱自清先生的散文「匆匆」評爲「拙劣」。其原因能否進一步說明？

4.夏先生的故兄濟安先生曾寫過一部論中共文藝的書，名爲「黑暗之門」（The Gate of Darkness），不知何處可以覓到？

5.夏先生下一本研究中國新文學的專書，據說是「抗戰期間的小說史」，大概何時可以完成？

二十五日上午九點半，我們來到了中泰賓館。陳主編在前數月遇到一場大車禍，癒後仍須扶杖而行，備極艱辛。我們搭上八樓的電梯，再穿過寂寞紅毯的走道，八三三室門啓處是夏先生親切的招呼。他已在接待一位不速的來訪者，我們只有在旁等候。

陳主編悄聲對我說，夏先生長得很像胡適先生。我生也晚，胡先生倒下時我還是個小學生，不過仍清楚記得中央日報第二天以頭條新聞刊出了胡先生辭世的消息。胡先生在中國新文化史上的地位，現在連共產黨都無法將之全部抹殺。我想日後在中國新文學批評史上，夏先生的地位也是非常穩固的。我讀夏先生的文章，除了深感他的學識淵博外，更欽佩他把理論文字寫得這樣深入淺出。

夏先生預排了半個小時給我們，那位不速之客卻佔去了其中寶貴的二十分鐘，剩下的十來分鐘只好長話短說，我也當場學習到夏先生的快速言談了。

陳主編首先送上近幾期的「書評書目」，並說明這次短訪將會在十二月號的雜誌上刊出。夏先生當即表示同意，並立刻翻閱各期的目錄，希望能找到黃維樑先生談及他的一篇文章。夏先生一直也是「書評書目」的作者和通信者，陳主編請他在百忙中繼續賜稿。我送給夏先生一篇自己碩士論文的結論影本：「由左聯人物的結局論左聯起沒在中國當代文化史上的意義」，並面致對夏先生的謝意，因爲他的幾部書提供了許多有益的觀點和資料，使得我的論文能夠順利完成。

夏先生答覆第一個問題時表示，他只讀過鄭學稼先生多年前的「魯迅正傳」，薄薄的一百多頁。「魯迅正傳」現已由中國時報增訂出版，內容豐富多了。鄭先生認爲魯迅只是一位文學家，而非思想家和革命家，這與夏先生的看法相近。夏先生在「中國現代小說史」中談到魯迅時，明白指出魯迅爲其時代所擺佈，不能算是一代導師。

夏先生在答覆第二個問題時表示，臺灣版的「中國現代小說史」中譯本確有省略，不過不太多。至於書目和索引，他已請求傳記文學社於再版時附上。我們在此也希望傳記文學社能夠加印這些書目等，以備初版的讀者函索參閱。

夏先生在「現代中國文學史四種合評」一文中，指出朱自清先生的散文「匆匆」，在文字上的造詣較低，因此他批評司馬長風先生對朱先生的推崇是「看走了眼」。夏先生此文初發表於

「現代文學」復刊第一期，當時即引起司馬先生的爲文反駁。夏先生現在表示，他還是不喜歡「匆匆」一類的「新文藝腔」：「燕子去了，有再來的時候；楊柳枯了，有再青的時候；桃花謝了，有再開的時候。但是，聰明的，你告訴我，我們的日子爲什麼一去不復返呢？」所以他說今天有眼光的副刊編輯，假如收到「匆匆」這樣的文稿，應該會棄如敝履吧？

這些話可能會遭致「覇氣」之評。司馬長風先生說「匆匆」的頭幾句「樸實無華，含有淡淡的詩味，在當時曾成爲青年男女的口頭禪」，這也並未渲染過度。可是就大多數的中國新文學作家而言，他們的歷史地位高過了文學上的實際成就，確也是不爭的事實。朱先生病逝於大陸淪陷以前，他原與共產黨毫無瓜葛，但是後者利用他的盛名而力捧多年，前一陣子更安排朱夫人與聞一多夫人同時露面，強調兩位先生當年都是「民主鬪士」，而對他們的文學生活卻吝而不談，這樣的存心自屬不善。我告訴夏先生，最近露面的還有郁達夫的前妻王映霞等人，夏先生覺得很新鮮。

夏先生最高興別人談到濟安先生。他告訴我們，濟安先生當年赴美，在西雅圖的華盛頓大學中蘇研究中心研究中共文藝，寫成「黑暗之門」一書，即由華大出版。該書前幾年曾在香港的「中華月報」上刊出中譯，不過還有若干章未完。夏先生過於忙碌，目前無暇計此，心中也時覺遺憾，於是他建議在場的聯副編輯丘彥明小姐，將此書在聯副上譯載完畢並出版單行本。果能如此，我想國內中共文藝研究的水準又會提高許多。

最後一個問題是夏先生的下一本書：「抗戰期間的小說史」。夏先生表示工作還在進行中，完成之日未定。我告訴夏先生，現住新店中央新村的劉心皇先生對此頗有研究，曾在外間罕見的「反攻」雜誌上連載過抗戰時期的作家等文。住在政大教授宿舍的孟十還先生，在抗戰前夕也擔任過文藝雜誌的主編，結識許多小說家。夏先生聽後，也感到很有興趣。

我們的短訪尚未告終，下一位來訪者業已翩至，她是夏先生在哥倫比亞大學的學生，現服務於故宮博物院。我們頓成爲「前浪」，只好自行移到門口，向夏先生握別，結束了珍貴的十分鐘訪談。一路上回味之餘，我們都希望夏先生能在明年撥出更長的時間，回國鼓舞更多的文學心靈。

六十八年十二月　書評書目

文藝自由論者胡秋原先生

——重溫三十年代胡先生初出茅廬之戰，以壽七十歲的老將

胡秋原先生的華誕在端午節，年年此時，龍舟競渡，破浪若飛，似乎象徵了他的奮鬥精神。半個世紀以來，胡先生廣博精深地著書立說，其中以史學的成就爲最著，其實在他累積達數千萬字的論述中，是以文學批評啓其端，也最早揚名於世的。因此胡先生最近陸續整理推出的「文章類編」，就以「文學藝術論集」居首。

胡先生開始談文學是在三十年代的前夕。一九二八年初，他由武昌大學轉到上海復旦大學就讀，其時創造社鼓吹的革命文學開始甚囂塵上。他不苟同，於是發表了一篇「論革命文學問題」示異，指出革命文學不能抹煞其他的文藝，「凡藝術皆是宣傳」的前提頗難成立，且不應破壞它在美學上的價值；藝術不是階級的武器，因爲它根本有別於政治和法律，而在反映着時代環境種種物質與精神的錯綜複合關係，並非簡單地受着經濟的支配。此文發表後，始終未見創造社方面的答覆。

一九二九年胡先生東渡日本，後入早稻田大學。在日期間，他曾譯平林初之輔的「政治的價

值與藝術的價值」，刊於「小說月報」，間接批評了普羅文學。一九三一年夏，胡先生返國省親，不久九一八事變作，他不願爲一點官費，一張文憑，再到仇敵之域，乃停止學生生活，留在上海從事著譯，並創辦「文化評論」周刊，在政治上主張抗日，在思想上主張自由。後者與「左聯」衝突，爆發了中國現代文學史上著名的文藝自由論戰。

十二月間，胡先生在該刊發表了「阿狗文藝論」，明白指出藝術只有一個目的，就是生活的表現、認識與批評；偉大的藝術盡了表現批評之能事，那就爲了藝術，同時也爲了人生。這種體認，也等於解答了過去「文學研究會」和「創造社」的爭論。胡先生同時表示，藝術雖非「至上」，然亦絕非「至下」之物，將它墮落爲政治的留聲機，實在是背叛藝術的行爲。文藝至死也是自由的、民主的，其進展全靠各種意識的互相競爭，才有萬花撩亂之趣。「中國與歐洲文化，發達於自由表現的先秦與希臘時代，而僵化於中心意識形成之時。用一種中心意識獨裁文壇，結果只有奴才奉命執筆而已。」

此文發表後，「左聯」中人覺得在影射他們，於是在其機關刊物「文藝新聞」等處攻擊，強調藝術的階級性，並說胡先生是「爲虎作倀」。此時適逢一二八戰事爆發，胡先生等發起成立「中國著作者抗日會議」，主張一致對外，左翼則仍勇於對內。因感於後者氣焰的強橫，胡先生乃寫「勿侵略文藝」、「文化運動問題」、「是誰爲虎作倀」三篇文章，表明他的文藝自由觀，回答左聯的攻擊。

第一篇文章表示，估量一種文藝可由各種角度觀之，不應只准某種藝術而排斥其他藝術，這樣才是一個自由人的態度。能以最適當的形式，表現最生動的題材，深入事象認識現實把握時代核心者，就是最優秀的作家，而這不一定在於堂皇的名色。文藝或可與政治意識結合，但那種政治主張必須是高尚的，合乎絕大多數民衆的需要，且不可主觀過剩地破壞了藝術的形式。第二篇文章指出，五四運動的歷史意義是不可磨滅的，雖然它淺薄又流產。所謂「繼續」五四的遺業，是指「超越」，而非「復活」與「抄襲」。由此我們可知，胡先生提倡「超越前進論」已近五十年。第三篇文章表示，文藝功能主要在認識生活，不能「建設」生活；它是一面鏡子，而非一把錘子。「文藝是自由的」乃指創作之自由，「文藝是民主的」乃指文藝應讓各種流派自由表現、自由競爭，此非否認階級性及其他種種文藝的色彩。

「左聯」針鋒相對加以答辯，並由瞿秋白出馬，指稱自由人的立場，正是五四「資產階級自由主義的遺毒」，還引列寧語以證其說，對胡先生否認文藝的黨派性予以攻擊，又說他是「地主資產階級的諸葛亮」。胡先生以「左聯」對他喋喋不止，決定重擊一次，於是在一九三二年五月間於「讀書雜誌」上撰文批判「左聯」的指導理論家錢杏邨，指其充滿觀念論、主觀主義、右傾機會主義與左傾小兒病的空談；而這些痼疾，也傳染於二三左翼作家的創作之中。

七月，戴杜衡先生以「蘇汶」之名，在「現代」雜誌上爲胡先生聲援，說他是一位絕對的非功利論者；而左翼理論家們爲了「無產階級解放運動」，自可放棄文藝和眞理。戴先生還表示，在「智識階級的自由人」與「不自由的、有黨派的」階級爭霸文壇時，最苦的卻是第三種人，即眷戀着藝術價值的作者之羣。

就共產黨來說，策畫成立「左聯」的初衷，就是要包攬文壇的發言權，並欽定文藝思潮的內容於一尊，自不能忍受有人對其反抗。「自由人」與「第三種人」的口號的確動搖了它的聲勢，「左聯」於是展開圍攻異己者之戰，由瞿秋白領導反攻。瞿秋白以易嘉筆名在「現代」發表「文藝的自由和文學家的不自由」之長文，分爲二部。第一部分題爲「萬華撩亂的胡秋原」，說胡先生是反對階級文學的。又警告戴先生說：「在這天羅地網的階級社會裏，你逃不到什麼地方去，也就做不成什麼『第三種人』。」周揚也撰文強調，一定要站在無產階級的立場，百分之百地發揮階級性和黨派性。

十二月胡先生寫了一篇「浪費的論爭」長文，對易嘉、周揚等都有答覆。該文的重點可歸納如下：文藝與政治之間根本有一定的距離，文學的最終目的，是在消滅階級隔閡，亦即是超階級的。文學創作必出於自由心靈，沒有自由便沒有文學，無產階級政黨的命令，並不能造成無產階級的文學；當日「左聯」最出色的文學家，包括魯迅的作品在內，也不見得就是無產階級文學。文藝所以可貴，在能預見而深入，能看到較遠境界，因此不言革命而自然革命；以人道愛而生靈感，因此不言階級而自然爲不幸者鳴不平。但若按預定的公式寫作，便成爲「吶喊的唯物論」和「龜手的美學」。所以每一位偉大的作家都屬於全人類，不只屬於一階級或一黨派。胡先生的這篇文章，實際上是對整個左翼運動的否定。同時，蘇汶也有文章爲「第三種人」辯護。

這一論戰的結果，是「左聯」自動退兵，由陳雪帆（望道）出來調停，而由馮雪峯以「何丹仁」的名義，代表「左聯」發表了「關於『第三種文學』的傾向與理論」，承認左翼批評家所犯的錯誤有二：在理論方面是機械論，在策略方面是左傾宗派主義。「左聯」的認錯固然是一種統戰，企圖拉攏胡先生等，但主要是理論上的不敵所致。

「左聯」對外的論戰不止一端，我們可以說，由於胡先生「知彼」最深，故能攻其必救而無法救的弱點，而奏中國自有新文學運動以來，對抗左翼理論的第一支凱歌。他後來有詩爲誌：「當年睥睨揮羣敵，常勝旌旗是自由。」胡先生表示，共產黨及「左聯」只是如屠格涅夫的名言所謂「豪奴吆喝」，而他則是「自由人揮劍作戰」。

文藝自由論影響力的深遠，可由此後共產黨內部不斷發生思想革命的事例看出。開始時周揚不服輸，但只能訴諸王婆戰術，爲魯迅、瞿秋白所斥，造成了周揚與魯迅衝突的遠因。抗戰前夕，茅盾就重提「文藝自由」的口號，聲援魯迅以抗周揚。四十年代延安發生王實味事件，周揚說王實味是受了胡先生文藝自由論的影響。以後中共的歷次整風，說明了左翼作家之自身，遲早都達到胡先生一九三二年的觀點。周揚今年在紀念「左聯」成立五十周年的大會上，也不得不承認，三十年代的左翼文藝運動，在理論和實踐上都沒有處理好文藝與政治的關係問題，「對這個問題也還常常解決得不恰當，不正確，還有簡單化、庸俗化的毛病。」文藝自由論的克敵致勝，已成爲中國現代文學史上的定案了。

最重要的是胡先生由此贏得生平第一功。他在自由的天地裏馳騁了幾十年，爲學術界和青年朋友們獻出了等身的著作，從實踐上證明了自己理論的可行和當行，而其昔日的論敵如周揚之流，在整人和被整之下，卻成了深自慚愧的「空頭文學家」。鐮刀斧頭無助於文藝的花園，不又獲得一次活生生的印證嗎？

際此佳日，我們謹祝三十年代文壇的健將、愛民族愛民主的自由鬪士——胡秋原先生，在八十年代及其後的歲月裏松柏長青，早日完成他的文章類編，和「中國文化與中國知識分子」中下卷諸盛事。

六十九年七月　中華雜誌

沈從文的悲哀

沈從文不久前赴美探親並在哥大演講，吸引了滿座的聽衆，其中許多人不辭路遠而來，說明了大家對他的關心。這位當年被劉西渭（即李健吾）形容爲「熱情而不說教」的名作家，三十年來是如何生活的？此處擬作一簡介。

一九四九年大陸變色後，沈從文首遭郭沫若等人的圍攻，被迫離開了北大的教職，也從此放棄了創作。他先在「故宮博物院」擔任古玩標籤的填寫工作，後因無法忍受不斷的精神虐待，以呑煤油、割喉、割腕三路自殺，幸因家人搶救，總算是「自絕於人民」而未成。

一九五〇年，他到「革命大學」政治研究班接受「思想改造」。改造的成果，可由馬逢華先生的「懷念沈從文教授」中見之：

「幾個月的光陰轉瞬即逝，我再到沈家的時候，沈已由『革大』『學成』歸來。但是從面部表情看來，他是『依然故我』，沒有顯著的改變。那天晚上他有點沉默寡言。沈夫人等我坐定之後就說：『你看從文一點都不進步，在革大「總結」的成績盡是些丙、丁！』

沈在後來發表的自白書中表示，由於過去他「對中共的事業沒有貢獻」，而思想意識和寫作態度又傾向自由，乃成爲中共尺度下的「空頭作家」。他又估計「改造」的作用不大，因爲自知距離「毛澤東的知識分子」標準很遠……。這些話表現出他的不妥協。

一九五七年，他獲准前往西南考察，順便回過湖南老家。一九六六年，文革的風暴展開，三十年代作家幾乎全遭刼難，外界沒有了他的消息。

一九七三年，許芥昱先生到大陸探親，五月十一日在北平見到他，他是許在西南聯大時的老師。師生聚談時他表示，二十多年來一直在故宮考古，「樂在其中矣」，可是他的本行——文學呢？以下是有關的對話：

「一九六二年我在江西井崗山的風景區待了一百天，準備和幾位作家合寫一部小說，我們原定在那裏停三年的。後來我發現自己實在是寫不下去，就提前離開，把沒完成的底稿也丢了。」

「爲什麼呢？過去你不也是寫過、出版過不少成功的小說嗎？」

「那是過去，現在對小說的要求也不同了，我沒有辦法應付。」

沈在談話中表示，中共不止一次要求他重拾舊筆，歌頌革命，一九六二年不過是其中一例而已。但是他寫不出，寧與故宮的墳墓爲伍。許問如果缺乏運動，他怎樣保持健康？回答是：「我每天吃四十隻蠶，醫生說蠶可以幫助降血壓，而且效果確實很好。」

師生在旅館聚談了三小時之後握別。許在「故國行」裏寫道：「那雙手依舊柔軟，可是不再是我熟悉的那雙了。」許的思緒回到三十年前，和沈在昆明校園外宿舍裏的聚談。那時當老師的要求學生在暑假返鄉時專事寫作：「你喪失任何東西都可以重獲，可是寫作的衝動卻像生命本體一樣，一旦失去就再也回不來了。」

是的，沈從文最近幾年一仍舊慣，忙著與文學無關的工作，寫作的衝動已一去不返。這位好脾氣的老作家，筆一擱就是三十年，今後或許會永遠擱下去，當他回顧自己的「生命本體」時，寧可無憾？

七十年一月十日　聯合副刊

實事求是·莫作調人

吳稚暉先生一生做神奇事，說精彩話。我在前幾年聽長輩轉述他的「實事求是，莫作調人」二語，印象卽很深刻。最近陳香梅女士分訪臺灣海峽兩岸，引起大家注意，更使我想起這兩句話。

吳先生本人自然服膺此語，不過一度例外，就是想做 國父和陳炯明之間的調人，結果失敗。陳炯明欲置 國父於死地在先，又悍拒悔過在後，吳先生只有放棄扮演這種角色了。

陳炯明使我聯想起共產黨。共產黨欲置 國父創建的中華民國於死地在先，及見無法得逞，又欲以談判消滅中華民國在後，先後的手法不同，但企圖一貫，彰彰在世人耳目。共產黨對中華民國既無悔意，又無誠意，有的只是滅我國號、毀我國旗的鄧小平公開聲明罷了。陳香梅女士對此何嘗不知，所以一再表示不做「遞書郎」，可謂明智矣。

「唯仁者，能好人，能惡人。」 國父何等豁達大度，但他稱陳炯明爲「逆」，指其「殊可痛恨」。 國父容忍的極限是永不悔改的陳炯明，中華民國現在容忍的極限，則是欲置中華民國於死地的共產黨。

不做中華民國與共產黨之間的調人，其實就是不做中華民族的罪人。中華民國存在的意義，不止於今天一千八百萬同胞繼續有好日子過，還在樹立榜樣，讓九億同胞心懷希望，盼著將來有好日子過。共產黨若不以此為圖，反欲驅逐良幣、消滅榜樣，就實在對不起列祖列宗了。

鄧小平近年來不也強調「實事求是」嗎？他首應代表共產黨，向大陸飽受折磨的全體同胞悔罪，然後多做彌過的工作，少施心術不正的統戰。在此我願仿海濤先生的前例，寄語鄧小平：我們五十年後再談！

七十年二月二十二日 時報雜誌

漫天烏雲壓白樺

——兼論白樺的「苦戀」

四人幫被打倒以後，中共新貴們為了轉移廣大的民憤，並製造「有別前凶」的假相，於是一度允許各地出現民主牆，更鼓勵追述文革罪惡的傷痕文學出現。結果，此類文字如堂堂溪水出前村，有沛然難禦之概。中共惶恐之餘，就開始築欄設壩了。

早在前年的第四次「文代會」上，鄧小平便明白指出：「毛澤東同志所訂的文藝為人民、工農兵羣衆服務的路線，迫切需要繼續遵守。」這種實際是為政治服務的論調，與四人幫所言有何大異？周揚在同一會議上也表示，他不贊成精密細緻地反映這些傷痕，以免造成不利於中共的思想和情緒。由此可見，中共推許傷痕文學純為一時之用，是無意予以全面肯定的。

今年初，中共中央又下達了「第七號文件」，再度顯示其對文藝的收風，大陸上文字工作者的處境也益形艱難。這份文件的總精神就是強調思想控制，全文共有六條，其中一條明言：報刊宣傳要無條件地與黨中央保持一致；另外一條規定：不得再寫反右和文革期間的傷痕文學。文件還指出，作家必須努力表現「四化英雄」和「四個堅持」。大年初一，周揚就在「文化部」舉辦的春節茶會上表示，今後文藝作品「還是要多歌頌」。

歌頌之外，不忘操刀，甚至鞭屍。老演員趙丹臨終之作：「管得太具體，文藝沒希望」，現已被北平某些文宣官僚定爲「反黨反社會主義的大毒草」。趙丹沉痛地說出了最後的話：「層層把關、審查，審不出好作品，古往今來沒有一個有生命力的好作品是審查出來的！電影問題，每有爭論，我都犯癮要發言。有時也想管住不說。對我，已經沒甚麼可怕的了……。」最後這一句，實在勝過千言萬語。

未死者而首當其衝的，是作家白樺。他的電影劇本「苦戀」，已被指爲「毒草」。現年五十一歲的白樺原名陳佑華，河南信陽人，少壯時加入共軍，五十年代初期任昆明軍區創作組組長，後調爲「總政治部」創作室的創作員，一九五七年成爲「右派分子」，四年後摘帽，入上海海燕製片廠編劇，文革時再度被鬪。四人幫垮台以後，他一度擔任武漢軍區政治部話劇團的編劇。由以上的簡歷來看，白樺和共軍的淵源很深，也不無「貢獻」，但是最近發起圍攻他的，正是「解放軍報」。

「苦戀」寫於一九七九年四月，是白樺和彭寧合作改成的，刊於「十月」雜誌該年第三期，劇本以一位畫家的事蹟爲主，在本質上與其他傷痕作品無異。中共對傷痕文學的先褒後貶，遂使「苦戀」不得善終。

白樺在此劇本的開端，引了屈原的「路漫漫其修遠兮，吾將上下而求索」，我記得魯迅在

「徬徨」的扉頁上也引用此句。有人以魯迅兩本小說的書名相提，形容其心路歷程是「始於吶喊，終於徬徨」，這倒也貼切。

「苦戀」的主人翁——畫家凌晨光，在逃亡途中困凍至死，死前內心的吶喊和徬徨誠不知凡幾。白樺這樣描寫畫家的遺體：

晨光蜷伏在雪原上，兩隻手盡量向天空伸去，他最終也沒有力量把手伸得很高，但我們可以看出他曾經做過這樣的努力……他的眼睛沒有閉，睜著，靜止地睜著……。

一九七六年清明節，凌晨光在天安門廣場貼上「屈原天問」的巨畫，但被拍了照，於是只好逃亡。他的死可謂四人幫所致，這正是所有傷痕作品的共同特色，死不瞑目也可說是對四人幫的控訴，如此筆法在大陸上誰曰不宜？白樺更於結尾時，加上一段凌晨光死前深情的獨白：

如果這只是一張畫布，只是一些顏料，只是一些畫家空想出來的線條、陰影和輪廓；我們可以撕掉、塗掉、扔掉！但不幸她是我們的祖國！她的江河裏流着我們的血液，她的樹林裏留着我們童年的夢想，在她的胸膛上有千萬條大路和小路，我們在這路上吃過很多苦，丟掉過無數雙破爛的鞋子，但我們卻得到一個神聖的權利，那就是：祖國！我愛你！

這條尾巴還算光明，也正合中共目前大力提倡的「愛國主義」，但是「苦戀」仍被批爲毒草，指在政治上有重大問題。一名中共權要說它是「反黨」，可以被「起訴控告」。最後還是由周揚出面封殺了它，罪名是「污蔑社會主義」。

這樣的罪名使我想起了胡風。胡風於一九五四年向中共中央遞上三十萬言的意見書，痛陳作家和讀者的頭上有五把「理論」刀子，第五把是：題材有重要與否之分，它能決定作品的價值，忠於藝術就被看做不忠於現實。這使得作家變成唯物論的被動機器，勞碌奔放地去找題材、找「典型」。而所謂「重要題材」又一定得是光明的東西，「革命」勝利前後都不能有新舊鬪爭，也不能有死人、落後和黑暗等。

胡風的直言換來了「反革命」的嚴重罪名，以及折磨成精神病的長期牢災。他提到的「通體光明」和「不能死人」，中共除爲強調四人幫的罪惡而一度更張外，文藝官僚們今天大致仍以此爲審查作品時的準繩。「苦戀」透露了一句「您愛這個國家，可是這個國家愛您嗎？」的憤語，結尾的「光明」就嫌不夠「通體」了。白樺在前年的「作協」第三次大會上發言時，曾經大膽強調「沒有勇氣就沒有突破，沒有突破就沒有文學」。如今，他的勇氣和突破終於帶來苦難，整個大陸文學的苦難也更深了。

毛澤東的文藝花園早已自毀，鄧小平正在跟進中。周揚仍在操刀，中共新貴成全他扮演了「永恒劊子手」的角色，他和他的同類們正在對付白樺。白樺頭上的烏雲四合，使我立刻聯想到「苦戀」裏的一首詩。王實味以來所有「苦戀中共」的作家，他們的命運不都接近這樣的描述嗎？

既然是同志、戰友、同胞，
何必要給我設下圈套？
既然你打算讓我戴上鐐銬，
又何必面帶微笑？
既然你準備從我背後插刀，
又何必把我擁抱？
你們在我們嘴上貼滿了封條，
我們在自己的腦袋上掛滿了問號！
啊！真正的同志！戰友！同胞！
為甚麼不像星星那樣互相照耀！

這種「同志的子彈打進同志的胸膛」之悲劇例子，在中共黨史上不勝枚舉，毛澤東本人更是樂此不疲。文革期間毛對外賓就曾大言：「有人說，中國愛好和平，那是吹牛，其實中國就是好鬪，我就是一個。」好鬪造成的千萬人頭落地，自為其所不惜了。

白樺痛感毛澤東為禍之烈，並對過去的「造神」運動深致不滿，所以就在前年的「全國詩歌座談會」上明白表示：「詩人同志們！我們千萬不要再去歌頌什麼救世主。」同年他在「作協」

會上重中此語，並譴責有些裝著至爲虔誠的信徒們，不但認定有救世主，還把救世主和「革命領袖」的概念聯繫甚至等同起來，用以嚇人。白樺忍不住疾呼：「那種造神殺人的殘酷遊戲可以收場了！」

「苦戀」中的主要人物，就在避著那種殺人的遊戲。白樺如此描述逃亡者澤畔生活的情況：

一條魚上鈎了，搖動着發出響聲。

葦叢動了一下，閃出一個蓬頭垢面、衣衫襤褸的逃亡者。他警惕地向四下望了一下，急切地游過去，用發抖的手從鈎上摘下擺動著尾巴的魚，連忙游回葦叢，用指甲匆匆刮去魚鱗，貪婪地大口大口地生吃着，魚的尾巴不停地擺動着……

突然，傳來一聲使人心悸的雁鳴，逃亡者渾身一震，猛地把臉轉向天空。鏡頭急速向他推近，這簡直是一張原始人的臉，長長的鬍鬚，斑白的頭髮，從那雙眼睛上，我們認出了他正是影片一開始出現的那個畫家——凌晨光。

欲曉的天邊飛來一隊排成人字形的大雁，悠然地飛翔着……

畫家深情地望着空中的雁……

人字形的雁陣在空中飛着飛着……

畫家含着熱淚的眼睛……驟然傳來遙遠回憶中的「辰河高腔」……夾雜着風鈴聲、嗚嗚的蘆笙的哀鳴……

這名蓬頭垢面的「原始人」，不但吃生魚，而且和田鼠爭食，挖掘藏在洞裏的生麥粒。他所以落此地步，全部的罪過只是「愛國」。白樺告訴我們，畫家凌晨光在美洲享譽甚隆，「解放」後毅然回大陸，結果在文革期間被趕出門，又因「伸張正義」而不免一死。這種出身和若干情節，正與「皇天后土」相類。中共在香港干涉「皇天后土」，在大陸查禁「苦戀」，只因兩劇都說了實話：在共產黨的統治下，中國大陸回到過原始時代，有人被折磨得像原始人。「苦戀」更指出，有人至死都在吶喊，在問「爲什麼？」白樺這樣描述：

雪原上，一個黑色的問號……

直升飛機漸漸向下降落……

問號越來越大，一個碩大無比的問號，原來就是晨光生命的最後一段歷程，他用餘生的力量在潔白的大地上畫了一個「？」，問號的那一點就是他已經冷卻了的身體。

或許，這也被人指爲暗示未來的「光明」仍有可議處。作者在劇本裏又多次安排了雁陣的出現，例如全文的最後幾行是：

雁陣排着「人」字，緩緩飛來，鋪天蓋地的「人」字……漸漸又遠去了，消逝在天際……

一個自豪的聲音輕輕唱着：

「啊……

歡歌莊嚴的歷程，

我們飛翔着把人字寫在天上；

啊！多麼美麗！

她是天地間最高尙的形象。」

一枝蘆葦在風中晃動着，堅強地挺立着……

這種「天空的象徵」，其意何指？雁羣陣陣，自由去來，它們把「人」的尊嚴寫在天空，對於大陸上的芸芸衆生來說，抬望眼就看到一個不可及的夢。「天國不是我們的，自由也不是。」白樺心中不這樣說嗎？當他接到「無政府主義、極端個人主義、資產階級自由化」的宣判時，不這樣想嗎？

七十年四月二十五日　人間副刊

唐德剛雜憶

不久以前，唐德剛先生先後推出了膾炙人口的兩本書：「胡適雜憶」和「胡適口述自傳」，頗受讀書界的歡迎。（近來臺北紙貴，不知是否與此有關？）中華民國建國史討論會召開的前夕，我們在中央研究院拜訪了他；兩小時內上下數十年，唐先生愉快地暢所欲言，雜憶起生平大事來。我們也有耳如輪，愉快地行駛於高速路上，一路豐收。

唐先生的健談，有些像夏志清先生。不過有人細分：夏先生如天馬行空，十足禪趣；唐先生則如江河瀉地，萬分豪情。夏先生在「胡適雜憶」的序文中指出，歷史是唐先生的職業，文學則是他的娛樂。「德剛古文根柢深厚，加上天性詼諧，寫起文章來，口無遮攔，氣勢極盛，讀起來眞是妙趣橫生」。這段話也可說是夏先生的自況，只是我們面對唐先生時，發現他的表情更爲豐富。

唐先生謙稱，他的鄉音頗重，非常「安徽」，可是我們一聽就懂。他久違臺灣十一年了，這兩天身在寶島，體會出十一年來的極大差異。他抽空到過中南部，中途幾次下車，細睹農村的諸般進步，爲之稱頌不已。記得唐君毅先生說過，中國讀書人的目光，最後都要凝聚在鄉間。我們也盼望有朝一日，唐先生能倦遊歸來，定居民間。

大陸講學印象記

今年上半年，唐先生以紐約大學交換教授的身分，到山東、西北等大學講授「美國史」等課程。二十多年前唐先生在哥倫比亞大學時，正是以美國史爲主修而獲得博士學位的。大陸講學半年，他的感想不止一端，就從教育談起吧。

現在大陸高中畢業生能考取大學的，百不過三。擠入大學窄門意謂著終身有保障，是天之驕子，也是特權階級。這些青年過去所獲太少，所以求知若渴。唐先生的課常有千人聽講。由他執筆的另一本口述傳記，也印行到百萬册之譜。大陸知識青年們久經束縛，一旦放鬆，人人對非共的言論和觀念，都深感好奇，對民主自由的追求，也表現在大學生創辦的刊物上，西北大學的「希望」雜誌就是一例，只是現在已經停刊了。

唐先生講美國史時，和學生們談到資本累積的問題，曾舉青島啤酒爲例，指出此酒來源的礦泉水取之不盡，但酒荒的情況卻很嚴重，就是因爲一切都被公家管制，所以不能擴展，這是很值得檢討的事。

大陸人民對外界的關心，表現在「參考消息」的通行上。「參考消息」是小型報紙，內容主要是背景資料的外電中譯，臺灣的新聞也見刊出，它的銷路勝於「人民日報」。不過，「參考消息」又分爲初級和高級兩種，唐先生只見過前者。「人民日報」現在也有知識和創作方面的文章，但內容遠不及臺灣的報紙來得活潑，臺灣主要副刊的深度和多樣化，更非其所能及。大陸言論最活潑的，就是現已夭折的上述學生刊物了。

文化大革命太慘了

話題轉到文化大革命。唐先生喟嘆，文化大革命太慘了，慘到非外人所能想像。他有一位老同學，現任山東大學的系主任，文革期間不堪凌辱，三度跳樓自殺，腿折未死；服食安眠藥，又因藥物缺乏而未過量。現在談起來，這位系主任只是說：「當時想不開嘛！」他多麼幸運，沒有死。據目睹者告訴唐先生，有個被判定爲「階級敵人」的人，於是遭四百多人合力活活咬死！不肯咬的人，就是「階級仇恨不夠深」，就須與其同罪，這是何等殘酷。

據唐先生估計，直接受文革大小災禍傷害的大陸同胞大致有一千萬人，受衝擊的則達一億人以上，財產和文物的損失更難以估計。唐先生參觀過曲阜孔林，文革期間，孔家的祖墳很多都被掀起，孔子墓碑被打碎成一百七十多塊，孔墓被挖到六尺多深，但沒有找着遺骸，所以當時人說「孔子跑掉了」。現在對孔林的修補工作不能完全復原，就是因爲過去的破壞太深了。

文革十年的災難，唐先生認爲使得中國大陸後退了三十年，也是人類歷史上前所未見的現象，毛澤東要爲此負最大的責任。我們聆聽至此，不禁想起了林毓生先生最近的話語：「毛澤東是中國有史以來的第一罪人！」

都市成爲農村尾巴

一般認爲，大陸上現在的崇洋之風甚濃，唐先生指出，這是貧窮落後又接觸外來的人物所致。貧窮的癥結之一，就是人口太多。毛澤東當年淸算力主節育的馬寅初，表揚生了九個孩子的母親爲「模範」，結果造成今天的大陸人口幾近十億，其中三十七歲以下的有六億，二十七歲以下的有四億。三十年以後，大陸上將會有好幾億接近退休年齡的老人。人口問題在三十年後勢仍無法改善，積重難返，如何是好？

前面提過，大陸高中畢業生考不上大學的爲數甚夥，下放制度又告失敗，使得「待業青年」——卽失業青年的問題難以解決。此外，最不滿意大陸現狀的是「前紅衞兵」。毛澤東對他們先利用，後出賣，種種作爲擊碎了他們的美夢，又犧牲掉他們的靑春，使得這些三十多歲的「老靑年」，學業未成，事業未就。原該是社會中堅的，如今人近中年，一無所有，造成許多悲劇，也頗使共產黨頭痛。

大陸上現有的農村人口，仍占總數百分之八十左右，在結構上極難都市化，觀念上也不易提昇，所以現代文明很難在大陸上建立。唐先生指出，現代文明的特徵之一就是都市化，表現在高效率的工作和對專業的尊重上。毛澤東不此之圖，卻開倒車，把城裏的人下放到農村去，這樣無助於農村的改良，卻有害於都市的進步，都市變成農村的尾巴，實在違反了歷史進化的原則。

中共現在推行四個現代化，想改變各種落後的實況。唐先生說得好：四個現代化將來如果成功，中共就更難駕馭大陸人民了，因爲大家的物質生活一旦改善，就更要爭自由！

談起胡適先生

我們請教有關胡適先生在大陸上所獲評價的問題，唐先生指出現在已有改變，他看過新出版的「胡適書信選」，安徽大學也想成立胡適和陳獨秀研究所，這兩位文學革命的健將正是唐先生的安徽老鄉。胡適先生服膺一句名言：「絕對的權威造成絕對的腐化。」不知「胡適書信集」裏是否有類似的話？我們來不及問唐先生：在安徽，另一年輕的老鄉魏京生受到怎樣的評價？

唐先生在「胡適雜憶」裏提到，胡先生的文章長於說理而拙於抒情。據我們所知，這也是許多人（例如司馬長風先生）的共同看法。唐先生在書中接著表示，如果作詩的人不爲抒情而只爲說理，這種詩一定感人不深，不會太好。

此言確是至論。但我們覺得「嘗試集」中也有若干抒情佳作，可以看出胡適先生情感生活的一面。唐先生答覆道，這是比較上的問題，如果和蘇曼殊的詩相較，胡先生就是說理派了。大致上，我們同意這種解釋。

唐先生在書中同時指出，胡先生一直躲在象牙塔內，一未失戀、二未悼亡、三無憂患，生活經驗十分單純，斷然寫不出情節曲折動人的文學作品。

我們對這段話不免挑剔，因爲胡先生在「秘魔崖月夜」裏提到「山風吹亂了窗紙上的松痕，吹不散我心頭的人影」，論者視爲「嘗試集」的壓卷之作，現有謂此詩在寫陳衡哲女士。這是否可說，胡先生在感情方面亦有未伸之處？

唐先生「秘」詩寄誰的判斷問題，未置可否，只表示他與現居美國的陳衡哲女士之令愛誼屬好友，不便加入意見。以時間匆促，我們另一挑剔的「例證」，就不及當面向唐先生提出了：胡先生追念徐志摩的那篇散文，文質雙美，我們稱其爲「感人的悼亡」，似不爲過吧？

史學家的態度

最後，唐先生將話題回到上半年的大陸經驗上。他希望自己能以「入乎其內，出乎其外」的心情，史學者的態度，加上所受過的社會科學訓練，寫出大陸見聞和思感來。

據我們所知，唐先生計畫以中文寫一部涵蓋政治、社會、文化各層面的中國現代史，仔細探討近百年來國人的成敗得失，尤其對　孫中山先生的奮鬪歷程、八年抗戰的血淚價值、毛澤東何以能夠得勢並如此爲害中國等問題，努力分析其背景，以求鑑往知來。事實上，這部中國現代史的英文書稿已就，達一千餘頁，唐先生還要用中文擴而充之，寫到今年爲止。

我們在兩小時的請益中，窺見一個率眞、豁達的心靈，感受到長者的智慧兼朋友的親和力，尤其難忘他對同胞的無限關愛。唐先生希望大陸能夠「向通處變」，不要重蹈歷史的錯誤，臺灣也能夠精益求精，在民主、法治、自由、進步上，做全中國的模範。我們也祝福他百事順遂，筆到成功，不久能夠迎接讀書界的又一次歡呼。

七十年八月二十五日　人間副刊

台上周揚・地下魯迅

魯迅生於一八八一年九月二十五日，今天是他的百年誕辰。

近來，大陸上紀念魯迅的文字與活動陸續推出，越演越烈。本月，魯迅的遺像鑄成了銀幣，狂人和阿Q走上了舞臺。今天，周揚將以紀念會「第一副主委」的身分，在六千人的大會上發表專題演講。

周揚是誰？他正是當年打擊魯迅最力的「共產青年」周起應。魯迅昔日曾作「自題小像」詩，強調「我以我血荐軒轅」，多少表現出矢志救國的心願。結果，他於晚年飽受周揚的摧殘，忍不住在致友人書中，多次吐露「我以我血抗周揚」的實情。

一九三六年八月，魯迅發表了「答徐懋庸並關於抗日統一戰線問題」的萬言書，憤怒駁斥了徐懋庸及其背後的周揚。魯迅論及胡風、巴金等人與他的關係時，認爲胡風耿直，易於招怨，是可接近的，「而對於周起應之類，輕易誣人的青年，反而懷疑以致憎惡起來了」。

周揚時任「左聯」的黨團書記，執行著中共的統戰訓令，利用抗日愛國運動以求自保，於是提出「國防文學」的口號，來配合中共政治上「國防政府」的號召。此時周揚的權力增高了不少，魯迅說他是「倚勢定人罪名，而且重得可怕的橫暴者」，「抓到一面旗幟，就自以爲出人頭地，擺出奴隸總管的架子，以鳴鞭爲唯一的業績——是無藥可醫，於中國也不但毫無用處，而且還有害處的」。著名的「奴隸總管」一詞，即出於此。

魯迅不甘就範，說明了他並非「共產主義的好戰士」。古謂中國文士可大別爲兩類，一爲儒林（經師），一爲文苑（詞章），魯迅以後者的表現爲世所重，但他在抱負上傾向於前者。其所以加入「左聯」，成爲「革命的旗手」，實際的原因主要是不堪孤立，但內心多少有一份「排除阻礙與黑暗」的使命感支撐着自己。按照他過去的說法，「爲人生」既是「改良社會」，而革命則是改良社會的積極和具體表現，當時他大約存有此念。

周作人曾經表示一種看法：「言他人之志即是載道，載自己的道亦是言志」。魯迅的「爲人生」，司馬長風先生認爲是「言志」，與當時左翼的「爲人生」是「載道」者不同，這是極細微的區別，但關係重大，因此他不願受教條約束。加上魯迅的個性總是感情牽動理智，只要感情的敵對存在，思想的距離隨之拉遠，所以他對中共的訓令也就忿然違抗了。

身爲「左聯」的名義領袖，魯迅最後頗感自哀。他在憤怒地回覆徐懋庸後，另致楊霽雲的信中指出：「因爲不入協會，羣仙就大佈圍剿陣，徐懋庸也明知我不久之前，病得要死，卻雄赳赳首先打上門來也。………其實，寫這信的雖是他一個，卻代表着某一羣，試一細讀，看那口氣，即可了然。」這裏所謂「某一羣」，即指周揚及其徒衆。

一九三五年九月十二日，魯迅在致胡風函裏更表露了被壓迫的心情：「一到裏面去，即醬在無聊的糾紛中，無聲無息。以我自己而論，總覺得縛了一條鐵索，有一個工頭背後用鞭子打我，無論我怎樣起勁的做，也是打，而我回頭去問自己的錯處時，他卻拱手客氣的說，我做得好極了，他和我感情好極了，今天天氣哈哈哈。」所謂「裏面」是指「左聯」，「工頭」即周揚。四十多年後的現今，周揚仍在臺上聲言，魯迅「做得好極了」。

胡風曾問，三郎（蕭軍）應否加入共產黨？魯迅在同函中說：「這個問題我可以毫不遲疑的答覆你，不要加入！現在文藝作家當中，凡是在黨外的都還有一點自由，都還有點創作出來，一到黨裏就醬在種種小問題爭論裏面，永遠不能創作了，就醬死了。」這些話道盡共產黨作品乏善可陳的原因。

一九三六年春，中共爲了「更好的促使文藝界抗日民族統一戰線的形成」，於是解散「左聯」。魯迅對此舉頗表不滿，認爲倘是同人所決定，方可謂爲解散；若有別人參加了意見，那就是潰散。他說：「這並不很小的關係，我確是一無所聞。」「潰散」之語，顯示魯迅對中共整個政策的不悅，而非僅向執行者周揚發怒。中共本對魯迅尊而不親，此時連表面的尊敬也省略了。

一九三六年五月四日，魯迅寫信給王冶秋時提到：「英雄們卻不絕的來打擊。近日這裏在開作家協會，喊國防文學，我鑑於前車，沒有加入，而英雄們即認此爲破壞國家大計，甚至在集會上宣布我的罪狀。我其實也眞的可以什麼也不做了，不做倒無罪。然而中國究竟也不是他們的，我也要住住，所以近來已作二文反擊，他們是空殼，大約不久就要銷聲匿迹的。」

周揚銷聲匿迹了嗎？魯迅立下了「一個怨敵都不寬恕」的遺囑後，終於在一九三六年十月十九日病逝。當他的遺體移到上海膠州路殯儀館時，中共的「左翼文化總同盟」派人在附近發傳單，指摘魯迅有錯誤。這個簡稱「文總」的組織，地位在「左聯」之上，其內的黨團書記也正是周揚。

不久，胡風在魯迅的葬禮上表示：「魯迅是被他的敵人逼死了的，我們要替他報仇。」繼承了魯迅精神的胡風，後來果然指責周揚等在文藝界的宗派統治，而周揚則依賴權勢鬪倒了胡風。世人有目共睹，魯迅加入「左聯」後，已使其文學創作停擺；晚年與共產黨人的遭遇戰，更促成其形體生命的提前告終。魯迅後來享有中共的各式讚譽和紀念，不過說明「同路人的屍首是香的」而已，永遠無法抵消他生前的這雙重悲哀。

今天，周揚仍然高坐臺上，以當年對付魯迅的手段，對付層出不窮的「反骨作家」。他執行着從毛澤東到鄧小平的一貫文藝政策，在「貫徹百家爭鳴、百花齊放」的笑臉下，時時顯露出「屠戶的凶殘」來。這個被魯迅指爲「無藥可醫」的劊子手，數十年後還能安於其位，說明了中共政權的可恥本質。可恥復可笑的是，他還在各種場合再三強調，大家要「學習魯迅」、「發揚魯迅的革命精神」。

海外已有人為文，呼籲周揚應該下臺。此時我憶起了五十年代中期，大陸知識分子在鳴放運動的「陽謀」下被整肅時，感慨吐出的兩句詩：

魯迅今日若不死，
天安門前等殺頭！

七十年九月二十五日　人間副刊

三民主義大家看

三民主義學術研討會繼建國史討論會後，今天起在同一地點舉行。佳例在先，佳績可期，我們謹祝大會成功。

三十年來，三民主義學者在臺灣孜孜矻矻，或研撰，或授業，開創了一個可觀的局面。近年來，政府也頗投力於三民主義學術化的工作，本次大會得以召開，即爲一證。在此，我們綜合師友平日意見，略述三民主義研究的求精和推廣之道，敢獻給大會執事先生及學者們：

一、增訂國父全集。黨史會於民國六十二年出版的六卷本國父全集，在舉世目前的有關版本中，內容當屬最豐，但仍多所遺漏。如「致鄭藻如書」，寫於一八九〇年，較「上李鴻章書」還早四載。國父於函中強調振農桑、禁鴉片、設學校，並建議以一縣作試驗，成功後推廣到各地。此函外間早已披露，亟應補列。

二、註解國父全集。註解宜包括題示、人事時地的說明，以及疑難問題如「民生主義就是共產主義」的解釋等，附於每篇原文緊後，以較小字體別之。內容不厭其詳，務求客觀正確。

三、中譯有關典籍。與國父思想有關的西方典籍，應編譯成套出版，以利國人參閱。如盧梭的「民約論」，迄今未見中文全譯本，而該書對 國父的平等論乃至整個民權主義，都頗有影響。馬克思主義方面，則應出版「資本論批判」。

四、重印有關著作。影響國父思想的中文著作，近代部分如鄭觀應的「盛世危言」，對「上李鴻章書」頗有啓發，現在臺灣不易覓得，亟應重印。研究國父思想的後人著作中，也不乏佳構而缺書已久者，如崔書琴先生的遺著「孫中山與共產主義」，澄清了「聯俄容共」等爭議，應予再版。

五、英譯國父全書。現在外人較易讀到的，僅爲三民主義演講的英譯本，及 國父以英文自撰的若干書文。我們如要弘揚三民主義於世界，就應根據增訂的國父全書，全部譯成英文，譯名且須準確。

六、增寫三民主義大陸版。今年出版的三民主義大陸版——「中國的光明大道」，是三十年來的創舉，值得稱道。但該書內容宜加增訂，理論與實踐成就的說明宜予並重，以期能夠吸引如魏京生、劉青類型的大陸知識青年。而這些青年，正是最值得我們重視的。

以上建議，如有可行之處，請有關機關與學者立卽會商，展開工作，期於三年或兩個三年而能有成。果能如此，則三民主義學術化、三民主義統一中國、三民主義弘揚於世界等案的推動，當可更上層樓。若問所需經費若干？則曰：「拓寬建國南北路費用的百分之一，足矣！」

七十年九月二十七日　人間副刊

民族文學再出發

全國第三次文藝會談今天起召開，陽明山上，文采燦然，我們祝望一個仲冬時節的豐收。

國家文藝基金會主委周應龍先生和文建會主委陳奇祿先生，日前談到擧行本次會議的目的。綜而言之，兩位先生所言可以歸納成這幾點：對七十年來的文藝做一回顧與展望、加強文藝理論的建立、聲援大陸作家並向大陸文藝進軍、文藝界共同參與國家的文化建設工作。

我們認為除此之外，大會至少還應重視兩個問題：從速英譯已有的優秀作品、從速改善作家的待遇。在此謹就原訂目的與建議事項，併加申述如左：

一、增寫中華民國文藝史：六年前臺北正中書局印行的「中華民國文藝史」，篇幅已逾千頁，但仍遺漏不少重點，例如我們自己在三十年代提倡的民族主義文藝運動，本書即無專節介紹；海外華僑文藝、臺灣光復前的文藝、大陸淪陷前後的文藝等部分，也待多加補充。同時，本書取材大致截止於民國六十年，近十年來文藝成果的記錄，現已勢不可免，今後亦宜每十年增訂一次，如此方能有一部較完整的民國文藝史，以抗中共相關書海的曲筆。

二、從速英譯優秀作品：臺灣文風之盛，爲自由世界的中文讀者所共知，但作品英譯者十不得一，遂使廣大的西方讀者羣，無緣多窺臺灣這三十年來迭起的小說傑作，更誤以爲無一詩人超過大陸上徒以「年資」取勝的艾青。今後我們唯有在這方面全力以赴，方能扭正國際視聽，並走向候選諾貝爾文學獎的第一步。本次大會的各籌備單位，宜擬定早應英譯的書單，分工合作，期於有成。

三、從速改善作家待遇：臺灣的文盲人口不多，但「不讀書界」的人口卻不少。今後有賴政府官員爲民表率，工作不忘讀書，如此上行下效，蔚然成風，作家的社會地位自然提高，稿費或版稅的增加因而成爲易事。作家的物質和精神生活兩皆豐盈，對國家來說，不但是一股安定的、建設的力量，可以避免重蹈三十年代的覆轍，同時更是一筆可觀的「活文化財」，尊爲民族的瑰寶亦不爲過。因此我們若想鼓勵作家創造佳構以光耀國族，宜人人加入讀書界。

四、分途向大陸文藝進軍：文藝界有心人士近已倡議，自費購書空飄大陸，此事宜速擇優進行。此外，對大陸廣播時可以擴大題材，「尹縣長」、「苦戀」等不妨「連載」播出，效果或可勝過政論。近來大陸留學生充斥美國校園，他們對臺灣的種種皆感好奇，我們如能在海外提供好的文學作品，何愁不被「轉播」進入大陸？因此擴大書刊的海外發行網，實刻不容緩。

五、民族文學再出發：談到加強文藝理論的建立時，容我們重申三年前在「仙人掌」雜誌上的鼓吹：民族文學再出發。

此句中所以有一「再」字，主要是根據我們對中華民國文藝史的考察，得知半世紀前即有反共的民族主義文學，與中共及其同路人進行過劇烈的論戰。今天我們再度高舉民族文學的大旗，即盼發皇其重要精神，改進過時的部分，並審度現在中國人的生存環境，推展最符合民族願望的文學道路。

職是之故，民國七十年代的民族文學，是在一種以民爲主的心態下，爲民族及其組成分子的喜怒哀樂愛憎而呼號的文學。它以仁愛爲本質，藝術爲手段，誠實反映同胞生活，使痛苦的靈魂獲得安慰，反抗的情緒獲得疏通。它從時代意識中創造新顥的風格，並促進各種改革，而以民族主義的完全成功爲目的。國賊與強權爲其天然之敵，此外的全體同胞都是它關愛的對象，也因它而獲得更多的尊嚴與利益。

「我的付出雖很卑微，但你必將接納，不是嗎？我所愛的民族，我生是你的子民，死是你懷中的一掬泥土！」司馬中原先生如是說。的確，民族是我們思想之根，智慧之源。敬盼參與此次盛會的先生女士們，能在山中二日及會後數十年，爲我們不幸但偉大的民族，多做一些反哺的奉獻。

七十年十二月十二日　人間副刊

不殺身體殺靈魂

不久以前，白樺寫就「關於『苦戀』的通信」，分致解放軍報和文藝報的編輯部，後二者最近都刊出此信，人民日報也不吝轉載了全文。中共批判白樺已久，頗感收放兩難，現欲以此做爲「圓滿的結束」，但對白樺本人來說，寫或抄這封信，當係他生平最痛苦的文字經驗。

白樺首先表示，透過解放軍報和文藝報，他讀到許多批評「苦戀」的文章，在此願談自己的認識和「感激之情」。

去年四月，解放軍報等批判「苦戀」時，白樺有過牴觸的情緒，現在他指出，這是自己缺乏「聞過則喜」的虛心態度，而無視軍報的原則立場。文藝報署名的文章發表後，又給了他「啓發和幫助」。大半年以來，中共的「諄諄告誡」，形成一股巨大的「熱流」，使他感到「很溫暖」，也終於認識到「苦戀」劇本的「錯誤」，「是當前一部分人中間的那種背離黨的領導、背離社會主義道路的錯誤思潮在文藝創作中的突出表現」。

白樺在劇本中曾以大量的篇幅，描寫知識分子「苦苦地愛戀着自己的祖國」。現在他表示，劇本沒有嚴格劃分四人幫和中共的「界線」，因此愈是渲染這種愛戀，讚美知識分子這種「不健康的孤獨感」，結果愈是引起了對中共的怨，使人得出這樣的印象：共產黨不好，社會主義制度不好。

這兩句告白，道出劇本被批的主因。另外，劇中以偶像崇拜的隱喻，把文革動亂的根源歸結爲對毛澤東的個人崇拜，白樺現在爲此「認錯」，說是自己「內心迷亂以及情感淡薄」的表現。前一時期，他對來自各方面的批評感到委屈，不能「從世界觀的矛盾中探尋錯誤的原因」，現在檢討起來，也是自己「黨性不純和驕傲自滿的反映」。

白樺要怎樣在新的創作中「改正錯誤」呢？他表示，今後要深入到「沸騰的生活中」，同時還要「提高馬列主義理論水平，加強黨性鍛鍊，堅持黨的四項基本原則」和謳歌「共產主義理想」、謳歌共軍的「豐功偉績」等。最後，他向解放軍報、文藝報編輯部，以及所有關注着他「進步」的人，「致深深的謝意」。

中共公開了白樺這封信，想必是自認於已有利，不然它會像處理根據「苦戀」拍成的電影一樣，對外封鎖猶恐不及，最多只能在內部限閱，充爲批判的教材。然而，這封信果眞對中共有利嗎？

白樺在信上表示，「首先」對「苦戀」提出批評的是解放軍報，此語不盡準確。早在去年二月，白樺已遭點名批判，「苦戀」也被指爲毒草。三月，人民日報發表文章，認定下面兩句話出自一種「偏激情緒，錯誤觀點」：「不是我不愛國，是祖國不愛我。」這兩句悲憤語，正是「苦戀」裏問話的翻版。到了四月二十日，解放軍報才以特約評論員的名義，正式批判了該劇。

緊接着在次日，人民日報刊出周揚的講話，他攻擊有些作家喜歡講良心和超階級的人性，而不喜歡講「黨性」和「革命性」。周揚同時強調，要嚴重注意當前大陸文藝界自由化的傾向，「特別是電影、電視劇」。五月初，代表中共中央的紅旗雜誌刊出了專文批判「苦戀」，指有「嚴重錯誤」，並肯定報紙批評此劇的必要。由此可知，中共內部不分黨政軍，都堅持以政治方向決定作品的好壞，解放軍報並非唯一的操刀者。

白樺此時獲得大陸人民廣泛的同情，以及自由世界迅速的聲援。他在「春天對我如此厚愛」一文中指出，從四月份開始收到近千封函電，常使他感動得痛哭失聲，不知晨往而昏至：「我情不自禁的暗暗得意，今年我卻能和春天如此長久相聚，雖然也有風雨，但它是春天的風，春天的雨。」

中共當時一度震懾於海內外的強烈反應，暫時對此事收手，但不久就如白樺在另一首詩裏的描述：「夾着尾巴溜走還會齜着牙再來，誰也別指望狼會改變本性。」七月十七日，鄧小平對宣傳部門的負責人講話，指出中共對思想和文藝戰線的領導，「當前更需要注意的問題，是存在着渙散軟弱狀態，對錯誤傾向不能批評，一批評就說是打棍子」。接着，胡耀邦也明指「苦戀」「就是對人民不利，對社會主義不利，應該批評；而且它不是一個孤立的問題，它代表一種錯誤傾向」。凡此用語，幾乎和解放軍報全同，白樺對「春天」的估計，就顯得太過樂觀了。

當漫天烏雲再度籠罩之後，白樺抗拒無力，只好在武漢衞戍區司令部的黨員大會上，做了自我批評。九月十五日，他寫了書面檢討，但未獲通過。十月間，鄧小平親自下令批判「苦戀」的文章在文藝報刊出，人民日報奉命轉載，白樺也忙着「學習」。然後，大家看到了白樺這封終獲通過的公開信。

白樺的「認錯」與「致謝」，使我們想起了五十年代初期的「交心」運動，兩者先後如出一轍，都是共產黨「不殺身體殺靈魂」的傑作。去年四月，解放軍報批判「苦戀」的文章發表後，有人打電話到編輯部：「聽說你們那篇特約評論員文章是姚文元寫的，是嗎？」中共現在自可辯稱，這次反自由化運動並未使千萬人頭落地，「白樺不是活着嗎？」是的，他在巨大的壓力下活着，精神受到扭曲，人格也被踐踏，創作生命更已判了死刑，這又有何意義呢？

「白樺事件」如果趁此收場，那是因爲中共必須借重知識分子推行「四化」，恐怕文革式的整肅會引起太大的後遺症，因此有所顧忌。白樺在中共的顧忌下得以倖存於世，但不能倖免於辱，這封信就是明證。在中共的歷次文藝整風中，王實味失去了性命，胡風失去了健康，這一回，白樺失去了尊嚴。但他爲中共迫害作家的紀錄上，添了世人難忘的新章，讓大家都看到，在共產黨的統治下，作家這行業不僅難爲，而且是千古悲哀！

七十一年一月八日　人間副刊

盼迎高志航夫人

到過臺北忠烈祠的，不難覓見高志航烈士的銅像和牌位；看過「覓橋英烈傳」的，誰能淡忘主人翁的事蹟？貼過中華民國郵票的，總還記得那一面肖像，曾伴隨你我的書信同行。高烈士是我們空軍的戰神，抗戰史上光榮的一顆星。他的愛國情操如貫日月，愛情故事也長留人間。

曾爲高烈士夫人的葉蓉然女士，早年畢業於上海的女子書院，以秀外慧中，吸引了熱血滿腔的高烈士，兩人結爲連理後，生子高耀漢。耀漢現居臺北，服務於新聞界。

婚後兩年，高烈士卽爲國捐軀，時爲民國二十六年。數載之後，葉女士任飛虎隊長陳納德將軍的英文秘書，襄助抗戰，亦有功焉。民國三十八年大陸變色，她未及撤出，乃飽受長期的煎熬。

去年初，葉女士終於掙出鐵幕，抵達香港，暫住親友家中。消息傳開後，蔣夫人卽自美滙款相助，展現了慈暉。由祖母撫養成人的耀漢，也在興奮中和母親通了長途電話。

去年七月，葉女士會晤了過港的陳香梅女士，相談甚歡，並合影留念。她請後者代向蔣夫人問候及致謝，同時表達了與子團聚的熱烈心願。

一年容易，今已七三高齡的葉女士，目前尚未能返抵國門，這使我們想起去年四月十日大華晚報社論裏的話：「所有略知高志航事蹟的人們，也無不對此表示極度的關切。人們最直接而單純的反應是，無論是政府或社會，都應該儘可能對葉蓉然女士給予協助，讓她充分感受到祖國的溫馨。」

「只要葉蓉然女士提出申請，她之前來臺灣應該全無阻礙」。我們亦作如是觀，因爲這是一個罕例。忠藎如高烈士者不可多得，遺孀健在而又掙脫魔掌如葉女士者更不可多得。大家可以想見，葉女士母子在臺團圓，不但溫暖了民心，也鼓舞了士氣，使効命疆場的勇者，據此例而無後顧之憂。

最近我們喜見王秉鉞將軍、李根道先生返國和家人重聚，聆聽了他們對共產黨的控訴，不禁聯想起葉女士過去三十二年的辛酸，以及相同的願望。「對於像葉蓉然女士這樣的人，我們是不能多所顧慮的」。爲了安慰高烈士的天靈，爲了頤養葉女士的天年，也爲了維護國家的尊嚴與利益，讓我們立刻展臂，以自由溫暖的懷抱，納此故人！

七十一年二月十二日　人間副刊

五四談文學

今天我們過文藝節。

民國八年的五四運動，本身肇因於青年學子的救亡圖存，愛國的意義重於其他，所以嚴格說來，訂五月四日爲文藝節是不盡準確的。當時示威抗議北洋政府對日屈辱的學生們，包括草擬是日遊行宣言，揭櫫「外爭主權，內除國賊」的羅家倫先生，大概都對五四後來成爲文藝節一事，感到始料未及吧。

不過，國人現已多能接受一種觀點：廣義的五四可謂思想運動。正如國父在民國九年一月指出的：「自北京大學學生發生五四運動以來，一般愛國青年無不以革新思想，爲將來革新事業之預備。」國父認爲這是一種新文化運動，而且極具價值。我們觀察史實則可得知，新文化運動的諸般內容中，要以文學最引人注目，影響力也最爲深遠，因此說它在五四時代佔有重要的一席，自不爲過。

文學在中國現代史上的影響力，不以當時爲限，而有越演越烈之勢。多少派別主張，一時各擅勝場。其中正式揭開三十年代序幕的「中國左翼作家聯盟」，是共產黨訓令下的產物，它在成立綱領中明言，「我們的藝術不能不呈獻給『勝利不然就死』的血腥的鬪爭」，顯示其好戰的本質，也將文藝帶離了正道。

不幸的是，此時已有許多作家，在世界狂潮、國家憂患和文化危機的相盪下，紛紛加入「左聯」，奉馬列主義如神祇，爲普羅文學効全力，行跡所聚，略似人海。三十年代力抗左翼的梁實秋、胡秋原等先生，就先後陷於包圍戰中。特立獨行的文士碰到穿制服的作家羣，辛苦總是不免。共產黨後來得以席捲大陸，文學實具先遣的作用。

五十年代中期，張愛玲女士到紐約訪問胡適先生。談起大陸的赤化，胡先生說「純粹是軍事征服」，張女士由於從三十年代起就感到左翼的壓力，所以對此說無法贊一詞。我們就事論事，覺得胡先生只見表象，倒是其好友蔣廷黻先生說得對：共產黨獲勝的工具是筆。筆如槍而勝於槍，這是一個悲哀的實例。

所幸天道好還。從「野百合花」到「苦戀」，共產黨原先的資產變成債務，一一爲其不仁與無信而擧證，以致勞動了報復的槍聲。但文學的事豈能以軍事解決？「作家不可殺，殺之成天神」，已爲屢試不爽的鐵律了。

其實我們對作家只需愛，焉用殺？「對於社會的黑暗面秉筆直書，對於社會的光明面勇於開拓」，這是蔣經國先生對文藝界人士的期許，也是愛護文學者所應抱持的態度。今天我們過文藝節，除了行禮如儀，也宜多想想：如何爲我們民族的否泰、社會的明暗、同胞的喜哀，貢獻更多無懼無愧的筆力！

七十一年五月四日　人間副刊

灑向文壇都是怨

——「延安文藝講話」發表四十年

一九四二年五月，毛澤東在延安文藝座談會上講話，正式交付他的「文化軍隊」各式任務，並爲轄下的作家定了各條戒律。今年五月，中共忙著紀念這篇講話發表四十年，並重刊了毛澤東當年寫給作家的十五封信，表現其對「延安經驗」的再度肯定。今年六月，大陸上的「文聯」舉行第四屆全委會第二次會議，更通過了「文藝工作者公約」，規定作家要「堅持四項基本原則」，還要「認眞學習馬克思列寧主義、毛澤東思想，深入新時期人民羣衆的鬬爭生活」等。凡此論調，無異是延安戒律的延長，大陸作家並未因毛澤東已死，而獲得眞正的「解放」。

創作自由的封殺

中共向以文藝爲鬬爭的工具，三十年代如此，有了「安身立命」的據點延安之後，毛澤東爲求生存和發展，就更強調文藝是消滅敵人的武器了。由此觀點出發，他表示要「解決」文藝工作者的立場、態度、對象、工作、學習等問題，包括應該站在黨性和無產階級的立場，來暴露和打擊敵人，以工農兵幹部爲工作對象。當務之急則是了解、熟悉工農兵，同時要學習馬列主義等。

至此，中共確定了文藝爲工農兵服務的方針，將其進一步政治化與敎條化，無異標誌一個自由寫作時代的全盤結束。毛澤東明言，「還是雜文時代，還要魯迅筆法」的觀念，不適用於中共統治區。所以，他雖設立魯迅藝術學院，卻派魯迅的死敵周揚爲院長。在表面崇魯的背後，極力扼殺其弟子延續下來的抗議精神。

爭取多數的策略

共產黨向來喜在人們身上貼標籤，然後根據「利用矛盾，爭取多數，反對少數，各個擊破」的原則，執行其旣聯合、又鬪爭的統一戰線策略，此爲毛澤東在延安文藝講話中所不諱言。他以工人、農民、兵士和城市小資產階級四種人，佔當時全國人口的百分之九十以上，因此就提倡文藝爲工農兵服務，而不惜違反馬克思批評農民、放棄農民的本意了。

至於所謂城市小資產階級，可以三十年代的文人爲代表，原喜追求個性的表現，難脫自由主義的氣息，但毛澤東爲吸引他們「到延安去」，乃極盡統戰之能事。這篇對作家旣拉攏又威嚇的講話，主要就是針對已從城市到延安者的不滿而發。毛澤東列擧了「有些同志」的「各種糊塗觀念」，如「人性論」、「文藝的基本出發點是愛，是人類之愛」、「從來的文藝作品都是寫光明和黑暗並重，一半對一半」、「從來文藝的任務就在於暴露」、「我是不歌功頌德的；歌頌光明者其作品未必偉大，刻畫黑暗者其作品未必渺小」等，一一予以曲解和譴責。

例如他強調在階級社會裏，就是只有帶著階級性的人性，而沒有什麼超階級的人性；又說要在全世界消滅了階級之後，才會有人類之愛，「但是現在還沒有」。此爲抄襲馬克思的人性論，但禁不起中國的考驗。我們卽就文藝有關者擧證，國人自古至今，不論貧賤富貴，對古典小說和戲劇裏提倡的忠孝節義每有同感，對繪畫中的「魚」和「松柏」，也都容易產生「年年有餘」和「松柏長青」的聯想，這不是階級說所能抹殺的。毛澤東不顧民族性和傳統文化的影響，以致立論距離事實甚遠。

文藝服從於政治

工農兵本如百行百業一樣，原皆可敬，寫有關工農兵的作品也像其他題材一樣，並無罪過。但毛澤東欽定的「工農兵文學」則不然，有如斧鉞一般，砍了多少作家的靈魂。它企圖將這三種人據爲己有，以「文藝服從於政治」的態度，製造矛盾和鬪爭的典型化。毛澤東重複列寧所說，文藝是整個無產階級機器中的「齒輪和螺絲釘」，位置是擺好了的，所以絕無自由運作的可能。可是共產黨偏偏忘了，古今中外沒有一部佳作，是在政治操縱下完成的。「文藝至死也是自由的」，三十年代一位文藝評論家的這句話，在共產黨眼中是不可思議的奢求。

一九〇五年十一月，列寧在那篇「黨的組織和黨的文學」中高呼：「打倒非黨的文學家！打倒超人的文學家！」毛澤東在延安講話時師其故技，直指爲藝術的藝術、超階級的藝術、和政治並行或互相獨立的藝術，「實際上是不存在的」。他爲了向這些「不存在」的敵人宣戰，數十年來展開多次整風和運動，連千萬人頭落地都不惜，萬馬齊瘖、百花凋零又豈爲其所掛意？

訓令作家穿制服

毛澤東發表這篇講話的目的，在訓令作家穿上制服，同時操練刀槍；箭頭指處，則是不願穿制服、操刀槍的作家。延安這場文藝座談會，本來就是爲清算王實味等人而召開的。王實味是兩百多萬字馬列著作的中譯者，他以苠藥苦口利於病的期望，撰寫「野百合花」向中共勸諫，結果毛澤東勞師動衆，先後發起延安文藝座談會、中共中央研究院的鬪爭大會，不久就將王實味打入了監牢。

王實味最後的命運如何？請聽毛澤東一九六二年一月三十日在擴大中共中央工作會議上的親口說明：「還有個王實味，是個暗藏的國民黨探子，在延安的時候，他寫過一篇文章，題名『野百合花』，攻擊革命，誣衊共產黨。後來把他抓起來，殺掉了。」這項擴大會議，出席者多達七千人；這段講話，後來收入所謂「毛澤東思想萬歲」書中。不久以前到紐約聖若望大學參加「當代中國文學討論會」的大陸作家王蒙，顯然不知此事。

毛澤東在延安文藝座談會上承認，他所持是功利主義的態度。王實味被鬪時曾要求退黨，

「要走自己所要走的路」，原因正是：「個人與黨的功利之間的矛盾，是幾乎無法解決的。」此種抗聲無異針對毛的文藝觀而發。後來胡風的朋友張中曉也露骨批判了這篇文藝講話，他於一九五一年八月二十二日寫信指出：「這書，也許在延安時有用，現在，我覺得是不行了，照現在的行情，它能屠殺生靈，怪不得幫閒們奉若圖騰！」毛澤東對此看法懷恨不已，所以親自下手整肅胡風集團。

殭屍統治的文壇

數十年來，中共一直執行毛澤東的文藝訓令，要求作家全力効忠共產黨，因此設下許多路障，造成胡風所說的現象：「這殭屍統治的文壇，我們咳一聲都有人來錄音檢查的。」他痛切指出的「五把刀子」——共產主義世界觀、工農兵生活、思想改造、過去形式、題材決定作品價值等，幾乎可在延安講話中覓全出處。

毛澤東發動文化大革命，引起一場浩刼，有人說這是他晚年昏聵，才被四人幫利用所致。其實我們若從延安文藝講話觀察，可知此擧早已初定，而且勢所難免。因爲毛澤東以列寧、史達林爲榜樣，在文藝思想上劃地自限，自然對一切繁花異卉都要排斥，視爲毒草了。有容乃大，無容乃小，毛澤東的滿目皆敵，肇因於他在延安會上揮刀舞棍。咎由自取，誰曰不宜？

我們說毛澤東滿目皆敵，完全有據。中共先後指出，與毛澤東思想對立的，是資產階級文藝思想、現代修正主義文藝思想和三十年代文藝的結合，代表性的論點有「寫眞實」論、「現實主義廣闊道路」論、「現實主義深化」論、反「題材決定」論、「中間人物」論、「時代精神滙合」論、「離經叛道」論、反「火藥味」論、「全民文藝」論、「創作自由」論等，還有陽翰笙的「十條繩子」論，可與胡風提到的「五把刀子」並觀。凡此都是對延安講話造成作品「千篇一律、千人一面」的抗議。毛澤東的敎條和械具如網，撒向文壇都是怨，無怪作家們要紛紛掙脫。

大陸作家的悲願

毛死後的中共文藝政策又如何？我們只消看它不久以前怎樣紀念「講話」發表四十年卽知。中共除了無視血淚斑斑的史實，喊出「忽忽四十載，藝國絢新天」這類自得其樂的空話外，更強調對毛澤東文藝思想，「一要堅持，二要發展」，還要「克服」文藝工作中自由化的傾向，勇於歌頌新人新事新思想，熟悉羣衆火熱的鬬爭生活等。當然，更重要的是前面所提——堅持四項基本原則。在這樣的政治掛帥下，白樺三年前呼籲的「沒有突破就沒有文學」，仍是大陸作家今後的悲願。

「衝決網羅」固屬不易，但違背文學天理的政策又豈能久存？毛澤東當年在延安的警告，事實證明一直失靈，中共現在重拾舊貨以爲護符，難道就可奏效？一場堅持和力抗四十年前臭襯衫之戰，卽使未擺在世人眼前，也在大陸許多作家的心中展開。中共現已承認，有「同志」對毛澤東文藝思想的基本精神「產生懷疑」，同時「走向否定」。同志尚且如此，廣大的非同志更可想而知了。人心趨向如此，「講話」尚可爲乎？

七十一年七月廿五日　中國論壇

還魯迅真面目

一、由周令飛想起「阿Q正傳」等

「自己背著因襲的重擔，肩住了黑暗的閘門，放他們（孩子們）到寬闊光明的地方去；此後幸福的度日，合理的做人。」

——魯迅

令飛原是魯迅的筆名之一，魯迅的兒子周海嬰為自己的兒子取名令飛，自有懷念魯迅、效法魯迅之意。結果，周令飛果然「當令即飛」，來到一個比較光明的地方，從此可期「幸福的度日，合理的做人」。如今孫兒尋到了自己喜歡的路，魯迅地下有知，也當首肯吧。

匈牙利愛國志士裴多菲有一首名詩，大家耳熟能詳，可是很少人知道譯成中文的原是魯迅。該詩後來以五言絕句的形式出現：「生命誠可貴，愛情價更高，若為自由故，兩者皆可拋。」現在，周令飛的生命、愛情、自由三者幸皆無恙，當更可告慰乃祖了。

周令飛抵達臺北後，各報多以「阿Q正傳的作者魯迅之孫」稱之，可見魯迅小說中以「阿Q正傳」最爲人知。魯迅表示這篇小說「確實說中了許多人的陰私，也刺中了許多人的靈魂」，今天阿Q一詞已成爲家喻戶曉的「精神勝利法」代名詞，此爲魯迅在小說中所點明。請看下面一段原文：

「……閒人還不完，只撩他，於是終而至於打。阿Q在形式上打敗了，被人揪住黃辮子，在壁上碰了四、五個響頭，閒人這才心滿意足的得勝的走了，阿Q站了一刻，心裏想：『我總算被兒子打了，現在的世界眞不像樣……』於是也心滿意足的得勝的走了。」

這種作風，比較接近一位著名政治家所說的：「這是挨打之後的磨拳擦掌」，對當時國人的病態刻畫實深。有人推測，阿Q的Q字是一種圖案的象徵，即「國粹」之一的小辮子掛在腦後。凡此說明了魯迅不移的「文學解剖師」地位，但他並未替讀者指出一條可行的路，或許這與他自己還在「上下求索」有關。

我個人在讀「阿Q正傳」時，每與胡適先生的「差不多先生傳」比觀，兩文的出發點、對當時民族性的諷刺都頗類似。我們知道，魯迅的文學成就主要表現在小說上，他的兩本小說集「吶喊」和「徬徨」，分別出版於一九二三和一九二六年，其時國民黨尚未統一中國，而魯迅小說中抨擊的對象，也的確完全與國民黨無關。當時的魯迅，卻正是共產黨圍剿的對象，「阿Q正傳」就是被左翼青年們攻擊最力的一篇作品。

魯迅後來左轉，主要是因局勢所趨不甘孤立，但這是他寫完小說以後的事。今天我們對待魯迅的作品，似宜針對內容有所區分、選擇，以免利刃落於人手，反而負「箝制文化」的罪名，徒爲共產黨所竊笑也。

二、魯迅作品的價値及其與中共的恩仇

「一到裏面去，即醬在無聊的糾紛中，無聲無息。以我自己而論，總覺得縛了一條鐵索，有一個工頭背後用鞭子打我，無論我怎樣起勁的做，也是打，而我回頭去問自己的錯處時，他卻拱手客氣的說，我做得好極了，他和我感情好極了，今天天氣哈哈哈。」

——魯迅

魯迅小說中最動人的角色，都是些被經濟困難所壓迫的人。魯迅本身家道中衰的窘辱經驗，使他的創作目光凝視於中國普遍的貧窮，透過暗澹哀傷的描寫，暴露了當時國人性格和風俗的黑暗面。它幫助青年解除虛榮心和增加對現實的認識，但有陷入悲觀而失落心靈平安，以至增長偏激反抗情緒的作用。後者後來就被共產黨利用了。

魯迅小說藝術的特色，最顯明的有三點：一、用筆的深刻冷雋，二、句法的簡潔峭拔，三、體裁的新穎獨創。他的小說成就在新文學史中不應被埋沒，但若以今天文學鑑賞的水準來看，更應慶幸他所扮演的歷史角色。魯迅死後哀榮，然而中共對他的大量稱頌，無疑的覆蓋了許多眞實

點。徐復觀先生說得好：假若將來中共的宣傳作法有了變更，則偶像的香火將會消滅，當能還魯迅於正常的面目。

中共的確對魯迅的面目，做了多次的扭曲，先打後捧，再打又捧，使魯迅生前在短暫的飄然之後，承受了不堪的痛苦，以至於死。

一九三〇年三月二日，中共在與魯迅「化干戈為玉帛」下，成立了「中國左翼作家聯盟」，魯迅被捧為「左聯」的名義領袖。但魯迅的風光並未延續很久，畢竟他並非共產黨員，中共只是要借重他的聲望，而非要他實際領導。抑有甚者，中共為了更大的目的，可將整個「左聯」犧牲，對魯迅自是明褒暗貶，甚且除之而後快。這種為達目的不擇手段的作風，執行人正是周揚。

一九三六年十月十九日，魯迅在先立下「一個怨敵都不寬恕」的遺囑後，終於含恨而逝。魯迅死後，中共體認「同路人的屍首是香的」，改口稱讚他的死魂靈，並對他展開各式的紀念。

毛澤東早在延安時期，就一面熱烈歌頌魯迅，一面無情整肅魯迅的弟子。在毛澤東的口中，魯迅成為「最偉大和最英勇的旗手」，「偉大的思想家和偉大的革命家」，「最正確、最勇敢、最堅決、最忠實、最熱忱的空前的民族英雄」。在這樣高度的恭維之後，毛澤東不久卻表示，「還是魯迅筆法」的時代過去了，王實味、胡風、蕭軍等魯迅型的作家也先後受到迫害，或死或瘋或病，道盡了中共對待魯迅的虛偽。

毛澤東已矣，這種現象在今天的大陸上仍然存在，鄧小平、胡耀邦師承毛澤東的故技，白樺事件卽爲近例。胡耀邦在去年九月二十五日魯迅百年誕辰的紀念大會上就說：「魯迅在共黨陣營和左翼文藝界的內部，總是着重於團結起來，一致對敵。」

看到這種與史實完全相反的說詞，我們只有感慨：共產黨員的確是「特殊材料」做成的，其中最特殊的材料，就是欺騙！魯迅地下有知，能不橫眉冷對共產黨嗎？

七十一年九月二十三日　自立晚報

魯迅慕中山

魯迅之孫周令飛在國人的祝福下，業已舉行嘉禮。結婚前夕他發表了一封公開信，其中提到孫中山先生早年在日本時，魯迅似曾往見，後來並對三民主義有著極高的評價。

一說魯迅留學日本時，據說加入過光復會，且因出入「民報」的關係，認識許多同盟會員，所以他似有可能見過孫先生。不過，臺灣出版的「魯迅正傳」、「魯迅與阿Q正傳」等書，對此皆無記載。大陸出版的「魯迅全集」和各種研究著作，似乎也未明確指證。然而，這並不影響魯迅仰慕孫先生的事實。

在魯迅的心目中，孫先生是一位「永遠的革命者」，不畏艱難，不計冷落，百折不撓。他說：「中山先生的一生歷史俱在，站出世間來就是革命，失敗了還是革命；中華民國成立之後，也沒有滿足過，沒有安逸過，仍然繼續著進向近於完全的革命的工作。」魯迅自己並非如毛澤東後來所恭維的，是個「偉大的革命家」，但他敬佩眞正的革命者：「惟獨革命家，無論他生或死，都能給大家以幸福。」無怪乎他對孫先生的人格和理想，都推崇備至了。

魯迅的小說中，「阿Q正傳」的Q字衆解紛紜，有一說認爲象徵著掛在腦後的辮子，這正是魯迅當年深惡的「國粹」之一。他後來說：「假如有人要我頌革命功德，以『舒憤懣』，那麼，我首先要說的就是剪辮子。」直到去世前兩天，魯迅還奮力撰文表示：「我的愛護中華民國，焦唇敝舌，恐其衰微，大半正爲了使我們得有剪辮的自由。」孫先生和諸先烈先賢建立中華民國，魯迅也表示愛護中華民國，先後一貫，其目的都是爲國民爭人格、爭自由。

魯迅對孫先生志業的肯定，表現在民國十五年三月寫的「中山先生逝世後一周年」上，該文首即指出：「只要這先前未曾有的中華民國存在，就是他的豐碑，就是他的紀念。」魯迅接著表示：「凡是自承爲民國國民，誰有不記得創造民國的戰士，而且是第一人的？」這篇文章還對「憎惡中華民國」者，公開予以批判。凡此充分說明了魯迅仰慕孫先生，主要就因爲孫先生創造了民國。

從魯迅的各篇文字可證，他對孫先生與對民國之愛，業已結成一體，不可分割了。

七十一年九月二十五日　人間副刊

魯迅俯首·令飛昂頭

今天是魯迅的一百零一歲誕辰。中共對魯迅的紀念，在去年達到最高潮，今年則降到最低谷，只緣魯迅之孫在一週前來到了臺北。

周令飛抵臺的次日，人間副刊即以「快報」刊出相關文字，其中提到了魯迅的名句：「橫眉冷對千夫指，俯首甘爲孺子牛。」這首寫於一九三二年十月十二日的「自嘲」，全詩如下：

運交華蓋欲何求，未敢翻身已碰頭。
破帽遮顏過鬧市，漏船載酒泛中流。
橫眉冷對千夫指，俯首甘爲孺子牛。
躲進小樓成一統，管他冬夏與春秋。

早在魯迅之前，清朝洪亮吉的「北江詩話」中，就錄有「酒酣或化莊生蝶，飯飽甘爲孺子牛」之句。魯迅在當天的日記中也指出：「午後爲柳亞子書一條幅，云：『運交華蓋欲何求，……達夫賞飯，閒人打油，偷得半聯，湊成一律以請』云云。」這裏所說的「偷得半聯」，即指「甘爲孺子牛」。

一代暴君毛澤東也曾推崇過這兩句詩，但他陽奉魯迅，陰除帶有魯迅筆法的作家。到了文革時期，不但盡辱三十年代的文藝工作者，而且將紅衞兵利用後予以出賣，直欲盡屠孺子方後快。毛澤東是魯迅此句的最大違背者，大陸逃港青年所寫的「反修樓」一書中，「解放軍」機槍掃射紅衞兵的一幕，確爲血淚史實的記錄。

不少人在讀「俯首甘爲孺子牛」時，會被魯迅那種「救救孩子」的情懷所感動。魯迅一生提携後進（大部分是左翼青年）不遺餘力，就像他寶愛其子一樣，在道德上似乎無可訴病，甚至近乎完美吧？

魯迅曾經在一九二八年公開表示過，他所揭發的黑暗是只有一方面的，而不觸及窮人和青年。夏志清先生則指出，從賀瑞斯、班•強生到赫胥黎，這些名家對老少貧富一視同仁，對所有的罪惡都予以攻擊。「魯迅則特別注意顯而易見的傳統惡習，但卻縱容——後來甚至主動鼓勵魯莽和非理性勢力的流傳。這些勢力最後可能比停滯和頹廢的本身，更能破壞文明」。這種看法，是否也值得大家參考呢？

令人感慨的是，魯迅晚年身受這種「魯莽和非理性勢力」的迫害，至死方休。他在病中反擊「共產青年」周揚、徐懋庸等人時就指出，在「中國左翼作家聯盟」結成的前後，有些所謂革命作家，其實是破落戶的漂零子弟，他們也有不平、有反抗、有戰鬥，而往往不過是將敗落家族婦姑勃谿、叔嫂鬪法的手段，移到文壇來。魯迅爲此痛惡不已，直言周揚之流「倚勢定人罪名」。這裏所謂的「勢」，指的正是中共。

魯迅在先立下「一個怨敵都不寬恕」的遺囑後，終於一九三六年十月十九日逝世了。當時他的主要怨敵，也正是那些「破落戶的漂零子弟」。對於這種身分的青年，魯迅曾經表示：「並未將我的筆尖的血，灑到他們身上去」。有筆如刀的魯迅，原先對彼等獨有的寬容，換來了自己晚年的「壯悔」，以及悔之已晚的催命。稍早他以「自嘲」名此詩，難道果有先見之明？

周令飛到達臺北後，公開表示「不爲中國共產黨做事」，此言甚善。回觀魯迅終其一生雖非中共黨員，但他晚年在諸多因素相交下加盟「左聯」，爲共產黨効命，結果除了留下吶喊與徬徨外，就只是「敢有歌吟動地哀」了。周令飛今天能免於重蹈乃祖的覆轍，過一種不受壓迫的生活，最能告慰的，當是地下魯迅。

前兩年，一位現居臺北的三十年代老將告訴我：「俯首甘爲孺子牛，何若昂首當爲孺子馬？」後面這句固然不如前句來得婉轉動人，但孺子的確需要合理的引導，而非對其過分的遷就。身爲成年者，當自貴重，做人模範，走出一條可行的路供參考，而不要被牽著鼻子走，以免愛之適足以害之，甚至共同走向「沒有光的所在」，徒留嘆息於後世。

「路漫漫其修遠兮，吾將上下而求索」，魯迅當年如三閭大夫般在探尋著。那是一個行路難的時代，走在稍前者往往就是犧牲者，困頓勞累如蹇驢。魯迅已矣，令飛今後的路，則已透見了迥異於前的坦蕩。魯迅俯首，令飛昂頭，周氏家族史的發展，如今像民國的天地一樣，頓然變得寬廣了。

七十一年九月二十五日　人間副刊

由索忍尼辛想起魯迅

托尼思想，魏晉文章

今年十月，俄國文學家索忍尼辛來臺訪問，並發表激勵人心的演說。稍早的九月，周令飛為尋求愛情與婚姻的自由而來，果然如願以償。周令飛使人想起魯迅，索忍尼辛亦復如是。

魯迅受俄羅斯文學的影響頗深，劉半農就送過他一副對聯：「托尼思想，魏晉文章」，而為受者所首肯。托尼是指托爾斯泰和尼采，魯迅在日本求學時，除了醉心托尼作品，又讀果戈里、契訶夫、安德利葉夫的小說，並將後者的兩篇譯為中文，刊於「域外小說集」內。五四運動前一年，魯迅在「新青年」上發表的「狂人日記」，被視為中國新文學史上的第一篇白話小說，這篇作品從題目、文字形式到思想內涵，都受果戈里同名小說的啓發。我們可以這樣說：魯迅作品中人道主義的色彩，和深沉陰冷的筆觸，都有舊俄小說的蹤影。當然，中國傳統文學為民請命的精神，和魏晉文章清雋孤峭的風格，也是魯迅小說的血緣。

童年經驗，若干神似

魯迅和索忍尼辛一樣，同受舊俄文學的影響；兩人的童年經驗，也有若干相似處，俱脫離不了一個「貧」字。索忍尼辛是遺腹子，他母親從未再婚，主要是怕繼父之不仁。母子於戰前在羅斯托夫住了十九年，其中有十五年無法由國家配到一間房子，總要以高價向私人租用已近倒塌的茅屋。後來他們幸運找到的，也只是重修馬廐的一角而已。索忍尼辛在爲諾貝爾獎金委員會寫的自傳中回憶道：「總是寒冷的，因爲屋子漏風。很難找到取暖的煤炭，水也要從很遠的地方提來，其實直到最近我才知道什麼是公寓中的自來水。母親精通英、法語，也學過速記和打字，但是能付高薪的機構從不僱用她，因爲她出身的社會成分有問題。」索氏母子一門孤寡，童年以來的困阨顚沛，造就索忍尼辛操危慮深的志節，「故達」。

魯迅晚年曾經反擊所謂革命作家，形容彼等是「破落戶的漂零子弟」。但我們若探討魯迅的身世，則可知此語也是他本人的寫照。魯迅十二歲時，祖父因涉嫌科舉時爲人送紅包，被捕入獄，以致家道中衰。魯迅的父親又不自振作，寄情於煙酒中，最後僅得年三十六，那時魯迅只有十五歲。後來他在「吶喊」的自序中指出：

有誰從小康人家而墜入困頓的麼，我以爲在這路途中，大概可以看見世人的眞面目；我要到N進K學堂去了，彷彿是想走異路，逃異地，去尋求別樣的人們。我的母親沒有法，辦了八元的川資，說是由我自便；然而伊哭了，這正是情理中的事，因爲那時讀書應試是正路，所謂學洋務，社會上便以爲是一種走投無路的人，只得將靈魂賣給鬼子，要加倍的奚落而且排斥的，而況伊又看不見自己的兒子了。然而我也顧不得這些事。終於到N去進了K學堂了……。

虛無主義色彩的魯迅

魯迅母子也是一門孤寡，此與索忍尼辛相同。不過貧困的環境使魯迅走向反傳統的第一步，索忍尼辛卻無此傾向。魯迅被許多人認定爲虛無主義者，虛無主義（Nihilism）一詞出自屠格涅夫的「父與子」，從屠格涅夫到貝查也夫，都形容虛無主義者具備反傳統的特性。魯迅在一九二五年「論青年必讀書」時，就表現了否定傳統文化的態度：

我看中國書時，總覺得就沉靜下去，與實人生離開；讀外國書時（但除了印度），往往就與人生接觸，想做點事。

中國書中雖有勸人入世的話，也多是僵屍的樂觀，外國書即使是頹唐和厭世的，但卻是活人的頹唐和厭世。

我以爲要少——或者竟不——看中國書，多看外國書。

魯迅在「狂人日記」中，尤其發揮了全盤反傳統的看法。狂人有一個晚上翻開歷史書一查：

「這歷史沒有年代，歪歪斜斜的每頁上都寫着『仁義道德』幾個字。我橫豎睡不着，仔細看了半夜，才從字縫裏看出字來，滿本都寫着兩個字是『吃人！』」魯迅生長在一個「儒門淡薄，收拾不住」的時代，對當時社會的病態多所了解，也刻畫頗深。但他畢竟如孫中山先生形容馬克思者，是一名社會病理學家，而非生理學家。魯迅對中國的固有傳統既不屑因襲，又無法開出治病的藥方，有時就難免「拔劍四顧心茫然」了。

魯迅加入「左聯」後推廣大衆語運動，又表現出虛無主義的態度。他認爲漢字和大衆是勢不兩立的，所以要推行大衆語文，必須用羅馬字拼音（原註：即拉丁化）。魯迅之意，漢字的繁雜就是大衆語的根本障礙，而徹底解決的辦法，就是代之以拉丁化的新文字。他提出了「書法更必須拉丁化」的結論，此與近半世紀後的今天實況不符，中共現仍無法以羅馬字拼音來取代方塊字，臺灣教育普及的事實，也說明不必以廢除漢字來達此目的。魯迅所謂「漢字和大衆是勢不兩立的」，已被證實禁不起時間的考驗。

俄國傳統的索忍尼辛

相形之下，索忍尼辛則爲俄國傳統文化的肯定者。十二月黨革命失敗後，舊俄知識分子中的親斯拉夫派，認爲俄羅斯有三寶：正教會、絕對專制和民族性，而索忍尼辛至少信奉其中的大半。誠如「俄國人」（The Russians）一書的作者史密斯（Hedrich Smith）指出，索忍尼辛所要告訴世人的，並非一個現代科技社會的模式，而是對於帶有俄國傳統色彩的未來社會之憧憬：一個復活、回歸、遠離二十世紀的神聖俄國之夢想。索忍尼辛與魯迅最大的差距，大約就是對自己民族文化的評價了。

索忍尼辛對農村和農民的看法，也與魯迅有別。大體上，他的文字觸及俄國農村善良的一面，而以土地、宗教和祖國，爲其信仰的三位一體。一百年前，受虛無主義影響的俄國知識分子，如鄭學稼先生所說，由懷疑文化的眞正價值，轉而承認文化是由奴役人民的代價得來。爲了贖罪，他們羣呼「到民間去」，要把土地與自由交還農奴。索忍尼辛雖非虛無主義者，但他的農村民粹主義，可謂十九世紀民粹派活動的反響，此亦爲「俄國人」一書所點明。索忍尼辛在「奧加之旅」中，就表現了一個農村浪漫主義者的宗教情懷：

在俄國中部的鄉間旅行時，你開始了解，何以俄國的鄉野有一種如此寧靜的效果。原因來自教堂。它們建在山頂和山腰，下到寬濶的河流，像是紅色和白色的公主。纖細而雕有廻紋的鐘樓，高聳在稻草和木屋頂上。它們在相隔很遠的距離彼此呼應着，自遠處目不可及的村落，指向同一個天空。

不論漫步田野或牧場，不論離開任何住家多少哩路，你從不會感到孤單：在一排樹牆、乾草堆、甚至大地的弧線上，這些鐘樓的頂尖總是向你招手，從玻基・羅維斯基、留比奇，到加利洛夫斯克都如此。

但是當你一進入村內，你明白，那些自遠處起就相迎的教堂，已不再存活了。

社會病理學家的魯迅

索忍尼辛以一顆虔誠教徒之心，主張回歸俄國的農村，他對農民的愛與要求，自與馬克思背道而馳。馬克思說：「農民不是革命的，而是保守的，不僅如此，他們並且是反動的，因爲他們企圖使歷史的車輪倒退。」這種觀點，我們恰好可以在魯迅的有些小說中看到。魯迅至終未加入共產黨，他寫小說時也非一名共產主義者，但他對農民的評價，卻與馬克思相近。「阿Q正傳」這篇小說，就以解剖中國農民的愚昧與悲哀爲重點，而確立了魯迅的病理學家地位。但也正如徐復觀先生的分析：

俄國在大革命前的確出了幾位了不起的文學家，但俄國沒有和中國可以比擬的歷史文化；俄國地主與農奴的社會結構，與中國的社會，完全屬於兩個異質的形態，中國的佃農不等於農奴。中國在地主佃農的生產關係之外，還有大量的自耕農和半自耕農。魯迅不能以俄國文學家處理他們的社會的態度來處理中國的社會，因此魯迅只能把握到中國社會的一個角落，並沒有深入進中國的社會中去。所以他的作品不能與大革命前的俄國文學家作品比其高度與深度。在世界文壇上，我認爲他只能算三流的作家。八股下的知識分子，魯迅是把握到了。但中國農民的偉大品質，幾乎沒有進入到他的心靈，所以他便將民族的「劣根性」都塑造到一個雇農「阿Q」的形象上去，這是非常不公平的。

與徐先生看法部分相同的，有夏濟安、夏志清、李歐梵等先生。徐先生認爲這是魯迅成就受限的原因之一，李先生則認爲，魯迅一方面同情農民的心境，喜歡他們的生活方式和風俗習慣，另一方面卻又覺得許多勞苦大衆實在愚妄無知，受到不少「大傳統」的不良影響，所以他最後認定，要醫治中國人民的身體，勢必要先醫治他們的靈魂。然而使魯迅痛苦的是：他畢竟不能眞正與農民打成一片，在別人眼中，他永遠是「大傳統」中的讀書人。

擁抱大地的索忍尼辛

魯迅和孫中山先生一樣，原都學醫，後來都從事「喚起民衆」的工作。但孫先生提出了建國的藍圖，且身兼發明家、宣傳家和實行家；魯迅則終其一生都在上下求索，且不免徬徨於歧路，更無治人靈魂的藥方。魯迅最大的痛苦，大概就是對解決中國當時社會黑暗的無力感吧？

魯迅與索忍尼辛的差距，似乎也導源於對土地和農民的認同有別、了解互異上。索忍尼辛寫作時，或勤搜史料，或深入民間，表現出一絲不苟的態度。相較之下，魯迅的小說如「阿Q正傳」，就顯得是信筆之作了。索忍尼辛的雄厚磅礴，來自對俄羅斯大地的擁抱，那是一種根深柢固的祖國之愛。唯其有根，故能茂長。索忍尼辛的寬與魯迅的窄，主要來自對傳統汲取的程度不同，收穫也就參差了。我實不知魯迅的死魂靈，能否坦然接受他在葬禮上所獲「民族魂」的封號？

七十一年十一月廿五日　中國論壇

第三輯

評介「從文學革命到革命文學」

一、緣 起

三年前當我確定以「中國左翼作家聯盟研究」做爲碩士論文題目時，臺大外文系侯健教授「從文學革命到革命文學」一書尚未結集，內中諸文正在各雜誌刊載，成爲我月月搜讀的對象，期盼的心情可知。該書預約到手後，以參考所需，我可能是目光投注最多的一名讀者，對於這樣一部力作，雖然其觸鬚所及，和我對中國新文學史的若干體認不盡相同，但事隔三年，我仍保有一片感激的心田。

討論中國新文學史的文字年有所增，這是非常好的現象，因爲這原本就是民國血淚實蹟的一環，且與其他各環緊密相連。我們這一代在偏安中成長的青年，不幸「生來即不識中原」，青山一髮的地理阻隔，亟待信而有徵的歷史填補，否則我們越是避而不談，敵人越是振振有詞，我棄人取，難免會使若干不明瞭眞相又覺得受瞞的青年，一出松山，即入左道，政府和家長辛勤培育出的一張張白紙，就任由敵人來塗紅抹黑，這是何等可惜！

從層層簾幕密遮中撥出眞理，是人類最可愛的天性之一。或亦本於這樣的動機，近年來海內外自由人士中，加入整理中國新文學史工作者日夥，他們勞心盡力，反覆爬梳，成果也已顯現。侯教授是其中一個重鎭，他以專家的知識，嚴肅的態度，成就了本書的學術性地位，雖然其主題所蓋，只至三十年代的前夕。

二、破　題

這是一本專題性的著作，也是一本經過高度消化的著作，字句精鍊，尤重說理。此處爲了利便讀者，特不避淺易，說明侯教授這本書的名稱旨意：

1. 什麼叫做「文學革命」？

2. 「從文學革命到革命文學」的主要經過是什麼？

3. 什麼叫做「革命文學」？

中國新文學運動的肇端，可說是白話文運動，這是開通民智喚起民衆的必要手段，所以最初提倡者是革命黨人。爲收宣傳之效，維新派也產生由文言文過渡到白話文的梁啓超文體。以後再經陳獨秀、胡適等的努力，白話文乃成爲新文學的正宗。

「文學革命」一詞的初現，則應屬一九一五年胡適先生在留美日記中，寄梅光廸先生詩的底稿中所載者。他說：「新潮之來不可止，文學革命其時矣。」次年胡先生投書「新青年」，與陳獨秀開始文字往還，受其鼓勵以後，正式發表「文學改良芻議」，載於一九一七年初的該刊，此文後被譽爲文學革命運動的首次正式宣言。他提出改良文學必須先從八事入手，即：一須言之有物，二不摹倣古人，三須講求文法，四不作無病之呻吟，五務去濫調套語，六不用典故，七不講對仗，八不避俗字俗語。他並斷言白話文學爲當時中國文學的正宗，又爲日後文學必用的利器，這是從歷史進化的眼光觀察而得。陳獨秀本爲「老革命家」，熱中科學和民主，且急於解除舊禮敎的束縛，因此對胡適的文章非常欣賞。就陳獨秀而言，「語言和文學的改革不過是向這式微的傳統鬪爭之另外一面」。緊繼「文學改良芻議」，陳獨秀撰「文學革命論」，指出文學革命的氣運，醞釀已非一日，而首舉義旗的急先鋒則爲其友胡適，「余甘冒全國學究之敵，高張『文學革命軍』大旗，以爲吾友之聲援。旗上大書特書吾革命軍三大主義：曰，推倒雕琢的阿諛的貴族文學，建設平易的抒情的國民文學；曰，推倒陳腐的舖張的古典文學，建設新鮮的立誠的寫實文學；曰，推倒迂晦的艱澀的山林文學，建設明瞭的通俗的社會文學。」

彼時陳獨秀任北大文科學長，胡適尚留學在美，兩人就在該年的新青年上展開文學革命的討論。大體言之，胡適對「八事及三大主義」的看法溫和審愼，欲容他人匡正，陳獨秀則遠較強硬激烈。此時錢玄同、劉半農、沈尹默等亦參加討論。至胡適回國服務，新青年於一九一八年起發表的文章一律改用白話，語體新詩、小說、翻譯作品層出。不久胡適有「建設的文學革命論」，明顯提出「國語的文學，文學的國語」主張，做爲建設新文學的唯一宗旨。

白話文原屬都市發達後的必然產物，宋元以來已可見，及歐戰期間中國新式工業有一度發展機會，加之廢除科舉以還，教育也日益普及，所以一經提倡，自然風行。不久五四學生運動爆發，旋即演展成全民愛國運動，國人的思路因此而大開，不再盲目仇視新思潮，新文學運動乃獲致迅速的推進。

新文學運動最大的影響之一是促發文學團體的勃興，文學研究會是最早的一個純文藝社團，於一九二一年初正式成立於北平。發起人有周作人、朱希祖、耿濟之、鄭振鐸、瞿世英、王統照、沈雁冰、蔣百里、葉紹鈞、郭紹虞、孫伏園、許地山等。成立後接編小說月報，爲當時極有力的文學雜誌，一新讀者耳目。沈雁冰後來指出，該會沒有一定的文學理論要宣傳鼓吹，只是在宣言裏曾說過一句話：「將文學當作高興時的遊戲或失意時的消遣的時候，已經過去了」，這不妨說是文學研究會集團名下有關人士的共通基本態度，此在當時是被理解做「文學應該反映社會的現象，表現並且討論一些有關人生一般的問題」。

不久，創造社異軍突起與之對峙，它是由郭沫若、張資平、郁達夫、成仿吾、田漢、鄭伯奇等留日學生所組成。他們當時所攻擊的對象，已經不是傳統舊文學的壁壘，而是一切投機和粗製的新作家與翻譯家。他們以「創造」自許，思想較爲前進。初因文學研究會籌備時期，田漢的疏忽和郭沫若郁達夫的誤會，種下創造社與該會嫌隙之苗，又由於創作翻譯上的諸多爭辯，造成兩者的對立。文學研究會頗重介紹當時被壓迫民族的文學，故多致力於翻譯，而創造社則重視創作，輕視翻譯，認爲創作乃處女，翻譯無異媒婆。文人相輕的氣息甚濃。

由於沈雁冰寫過「什麼是文學」和「大轉變時期何時來呢」，又發表了「自然主義與中國現代小說」以及「社會背景與創作」，耿濟之寫「前夜」序文，周作人寫「新文學的要求」，鄭振鐸寫「新文學觀的建設」，這些文學研究會發起人文章的觀點，被歸納爲寫實主義和「爲人生而藝術」。創造社當時則樹立浪漫主義的旗幟，高唱「爲藝術而藝術」，其批評與主張大半持著唯美派見解，反對文學的功利主義。

當年和小說月報相呼應的文學旬刊主編鄭振鐸後來認爲，文學研究會的成立和編輯刊物，才使得新文學運動和一般革新運動分開，而自有其更精深的推展與活躍。它的刊物提倡血與淚的文學，主張文人們必須和時代的呼號相應答，必須敏感著苦難的社會並爲之寫作。創造社本立於反對地位，但浪漫主義者究竟是熱情的，他們也往往便是舊社會的反抗者。「在郭沫若的詩集女神裏，這種反抗的精神是充分表現著的」。郭沫若所寫「我們的文學新運動」，鄭振鐸說是血淚文學的同聲；成仿吾所寫「藝術之社會的意義」，提及熱愛人類社會，「便是創造社後來轉變爲革命文學的集團的開始」。「在這個時候，他們的主張和文學研究會的主張已是沒有什麼實質上不同了」。

一九二五年「五卅」慘案爆發，反帝運動瀰漫全國，「而創造社的作家，在這時期有了新的覺悟，提倡革命的文學」。洪水半月刊創刊於該年的九月中旬，討論的中心是素被忽視的社會問題，內容不僅限文學，關於一切政經社會的文章都予登載，所以影響廣大。此時社裏又加入周全平、潘漢平、葉靈鳳等生力軍。郭沫若「文藝家的覺悟」亦刊於此，他呼喊「處這第四階級革命的時代」，文學家非左卽右，非進攻卽退守，文藝在形式上是寫實主義的，在內容上是社會主義的，除此之外的已成過去。一九二六年四月創造月刊出版，它給予日後文藝運動影響最大的，是革命與文學的討論及其指示。鄭學稼教授認爲，「五卅」的上海工人運動確給郭沫若與成仿吾以刺激，但它還不足以使浪漫文學家立志充當革命者。除了這直接的刺激，應該還要估計「十月革命」的影響。從莫斯科向全世界放射的「無產階級文學」熱浪，流到日本，再由東京經「帝大」學生傳到中國。但此時創造社人物尙未全部瞭解它，也因此方有接連而來的進展：一九二八年創造社又因國內政治的劇烈變化而另開新局，由日本回國的李初梨、馮乃超、彭康、朱鏡我等都加入陣營並實際主持，創始諸人各奔前程，而由「新銳的戰士」搬載當時東瀛流行的思想——唯物辯證法，並盛倡「無產階級的革命文學」，引起了當時文壇的論戰，延續經年。一九二九年初，創造社終遭查封而告終。

「革命文學」口號正式標榜出來之後，曾經引起劇烈的論戰，其中以創造社和太陽社對魯迅的攻擊爲首要，造成中共在統一左翼文藝運動前的混亂與紛爭。這種紛爭後來的平息，得力於雙方因彼此需要而做的節制。且說該口號再度提出的當初，兩社還發生過誰是發起領導者的爭論，創造社的李初梨認爲郭沫若一九二六年四月發表的「革命與文學」，是中國文壇上倡導革命文學的先聲。太陽社的錢杏邨馬上抗議，指出蔣光慈在「新青年」上就發表過一篇「無產階級革命與文化」，在「覺悟」新年號上又發表過「現代中國社會與革命文學」，時爲一九二五年，並且在前一年辦過專倡革命文學的春雷週刊，又出版過革命歌集和小說集。「創造社和太陽社在這個小問題上也爭執一番，可見當時的作家當中，實在還存著濃厚宗派主義和小集團主義的思想。這種狹隘的思想尤其嚴重的，就是當革命文學運動展開的初期，創造社和太陽社都把魯迅和茅盾當成此一運動的敵人，而加以攻擊」。事實上，參加當時這場文藝論戰的，還有新月月刊、現代文化、小說月報等單位，魯迅則被視爲語絲派的首領。

什麼叫做「革命文學」？創造社的主要觀點如下：一、革命文學或無產階級文學，不一定要無產階級自己來創造；「不怕他昨天還是資產階級，只要他今天受了無產者精神的洗禮」，意即獲得無產階級的意識，他也就能創作無產階級的文藝。二、文學是有階級性的，「在社會的階級制度沒有奧伏赫變以前，無論什麼文學都是反映支配階級的意識形態的文學」。所謂「奧伏赫變」，就是「揚棄」之意。三、文學是宣傳的武器，一切的藝術，脫不了將自己的階級思想感情及意欲具象的織入作品中一途，因此稱它爲宣傳的藝術。四、無產者文藝不必就是描寫無產階級，資產階級生活的描寫也是不可少的，要緊的是站在那一個階級說話。五、主張唯物的文學論，從經濟基礎上來解釋文藝現象。

三、侯見

有了以上的觀念，閱讀本書就比較容易領會。但正如夏志清教授所說，侯教授的西洋文學知識要比其他文學史的編撰人淵博許多，在此我試將侯教授的見解分兩項介紹：

1. 本書立論的重心。

2. 其他獨到的看法。

對於民國以來文學思想上的這兩大運動，侯教授首即認爲它們都不是以文學本身所具的價值或功能爲標準，而是把文學偏頗地定爲社會改革或政治變更的工具，所以其結局雖在文學上有成就，在其他方面的影響則更爲深遠。兼以當時對中國病態的癥結，觀察雖頗爲一致，處方則因所宗不同而各異。「總起來說，參加兩次運動的知識分子，其愛國誠意是不必懷疑的，但卻缺乏了標準，從而種下了亂源。」

侯教授撰著本書最大的希望，就是發潛德之幽光，把兩次文學運動的反對者的思想與行事，當做中心理論和觀察點。他認爲其中最具力量的，是一批留美學者和與他們志同道合的人士。他們有一共同點，就是或爲哈佛大學教授白璧德的中國弟子，或爲在思想上接近白氏的人，因此本書特別着重的，是反對文學革命的梅光廸、吳宓與學衡派，以及反對革命文學的梁實秋先生。梅先生等係以「文化立言，兼及文學」；梁先生則係以「文學立言，而以文化爲其表裏」。侯教授指出，他們的對手，又恰與白璧德在美國遭遇的對手有關：文學革命的倡始者是胡適，其思想來自達爾文與杜威，而杜威正是白璧德曾與之激辯過的；革命文學的倡始者是郭沫若等創造社、太陽社的成員，而當他們高唱革命文學，亦即普羅或無產階級文學的時候，所高揭的理論權威，不是俄國的共黨文藝理論家，如魯迅其後翻譯過的普列汗諾夫或盧那卡爾斯基等人，而是美國的辛克萊。

侯教授認爲文學革命積極有意的背棄傳統，抹煞固有標準，卻從個人出發，其基本精神是破壞的。革命文學上承文學革命的破壞精神，更進一步要定思想於一尊，自是變本加厲，留下無窮禍害。「我的出發點，便是白璧德的思想」。白璧德「對本世紀的文學思想深具影響，而其史識學養，更鮮有人出其項背。他對西洋十八世紀中葉迄今的思想精神的看法，最能解釋中國近五六十年的思想，尤其是文學思想上的現象」。侯教授如是說。

十九世紀的西洋文學批評家中，以「安諾德特重文學的社會意義」。侯教授在本書附錄中說安諾德文學思想的主旨，源自憂慮該世紀科學成長而宗教式微的情形，以及社會上層貴族耽於逸樂，中產階級安於現實，下層勞苦羣衆粗魯無文的實況。宗教是西洋道德準則的根源，但在科學實證主義的衝擊下，聖經的正確性發生動搖，必須急覓代替品。安諾德的辦法是以文化爲手段，去其迷信，留其道德使命，如此，文化成了行爲準繩，文學爲文化的載道之器。人們如能以祛私、不求急功近利的態度從事文學，則文學便能達到爲「人生的批評」功能，使社會歸於融洽。

侯教授指出，白璧德接受安諾德有關文化的見解，也爲當代價值標準的混淆懷憂，但在爲現代把脈的時候，立出他自己的診斷。他認爲當代一切混亂顛倒的現象，都是自然主義作祟，所謂自然主義，一面是以培根爲始的科學主義，以征服自然擴大人類物質領域爲尙。另一面是以盧騷爲首的感傷主義，以絕聖棄智、皈依自然爲理想，要求個人的擴展，其流風所化，是以一己爲標準的人道主義、急功近利的功利主義，乃至以階級鬪爭爲達成烏托邦手段的共產主義。白璧德認爲，要求撥亂反正，便一定要推翻自然主義的擴張，而代以克己復禮的手段。白璧德不否認世界隨時在變動，但要在多種現象裏，探討其本源。他也並不希望嚴格的禁欲或保守，只要求在培根與盧騷所代表的浪漫主義，以及東西方極端墨守因襲的古典主義之間，找到一條中庸之道，進而達到亞里斯多德與孔子所代表的人文主義。他的文學觀，就是出於這種人文主義，希望文學能重視其社會與道德的功能，也同時顧及本身的美學特質，而他的中心主張是：人生一切活動之目的，都是幸福的追求；文學是人類文化活動的一部分，當然要能有助於這種人生目的之實現。

以上是本書立論的學說主旨，侯教授以此爲出發點，表彰白門弟子學衡派以及梁實秋先生，在兩大文學運動裏分別扮演的反對角色。本書既強調此點，自然造成內容上有所偏重，我們一閱目錄便知。侯教授其他獨到的看法，則可擧要臚列於後：

①陳獨秀撰「文學革命論」以聲援胡適，這篇火辣文字於結論裏比附西洋榜樣或權威，「是這一代維新分子共同之點」。侯教授指出陳胡的主張其實頗爲不同，胡適希望從工具的改造上使

文學不再爲少數人的私產，使文學與人生有關而非高頭講章式的載道工具，主要是想擴大文學的範圍，包括普及與自由，所以並不要限定文學的內容。「這一點使很多文史學家認爲胡適的文學革命並無積極主張，卻不知這正是胡適主張的寬廣之處」。陳獨秀一面反對韓愈文學上的師古與載道，一面卻仍要以文學爲工具，而且所打倒的不惟是形式，更多屬於精神，這樣便使文學的領域反形縮小。平易抒情，走向華茲華綏的浪漫運動；新鮮立誠，接近托爾斯泰和王爾德，熔人道主義和唯美主義於一爐；「明瞭通俗，則與純文學更遠，卻爲革命文學埋下了種子」。

②胡適撰「建設的文學革命論」，拈示新文學的製作次序有三：一是工具，二是方法，三是創造。他並認爲創造在當時的中國言之尚早，應先努力做前兩項的預備工夫。侯教授指出，自但丁至囂俄，無一不是先創作後談理論，只有胡適才是先談改革，還要待改革成熟後再進行創作，故視他的「次序」是遁詞，「自相矛盾」，「以後在革命文學階段，這種先後顛倒的情形更爲明顯」。又因「人的文學」原爲周作人文章的題目，而爲胡適撰寫中國新文學大系第一集導言時所乞助，所以侯教授也認爲胡適不曾有體系的提出過新文學的內容。

③論及新月的貢獻，侯教授將其與時代特別有關的歸納爲三項：㈠新詩體的建立與鞏固，㈡自由主義的政論，㈢文學批評理論的建立。第一種可說是反胡適的自由詩，轉而講求格律。第二種可說是從新青年到每週評論、努力周報、現代評論爲止的新文化運動，亦卽鼓吹德先生與賽先生努力的延續。第三種是梁實秋的特殊貢獻，「也是白璧德的人文主義與古典主義在中國的表

現」。這種分類介紹，清晰易解。

④文學革命以前，梁啓超曾是思想界的領袖，他不惜以今日之我與昨日之我挑戰，後來自己承認早年所爲，破壞多於建設，因爲「務廣而荒，每學稍涉其樊，便加論列」，所以常有前後矛盾的地方。侯教授認爲這種情形，乍看似乎是「苟日新、又日新」的新民，「其實卻是標準淪喪的結果」。「胡適的實驗主義未嘗無其本身原則，但在他破壞的時候，可以是公認的領袖，到他要建設的時候，就被視爲開倒車與落伍」。吳稚暉要把線裝書丢在茅厠三十年，侯教授說「危言易於聳聽，老實的作爲卻難引人注意，已被丢入茅厠幾十年的東西，還眞能撈得出來嗎」？對於以上三家短處的批判，堪稱簡潔有力。

⑤侯教授指出「左聯」以前的中國文壇，是以混亂承繼混亂，以價值標準的顚倒繼承價值標準的顚倒，所以文學革命與革命文學是一脈相承的，「它們所共同的，是以無標準爲標準」。

⑥白璧德的中國弟子，力挽當時浪漫思潮的狂瀾。「他們都與孫中山先生一樣，尊重中國文化的傳統」。侯教授並認爲我們今天所倡行的文化復興運動，恰與白璧德的思想相契合。

⑦白璧德所要教訓的，「是愼始，是在潑洗澡水的時候，不要把孩子也潑了出去」——侯教授慨嘆，違背此語正是文學革命與革命文學的「最大業績」。

四、請　教

本文撰寫的目的有三：㈠替和我一樣年輕而平日無暇閱讀專書，但有興趣瞭解這段史實的朋友，提供一些概念。㈡讓這樣一部有特見的著作，獲得更多人的重視。㈢向侯教授請教幾個問題。發問的人或許不夠成熟，但無疑是誠懇的。

為了清晰起見，先將題目統一排列在前：

1. 白璧德的文學影響力問題。
2. 對杜威和林語堂先生的評價問題。
3. 對胡秋原先生文藝論戰成果的評價問題。
4. 對魯迅轉向原因的探討。
5. 梁實秋先生人性論和左翼論戰的問題。
6. 關於民族主義文學運動的部分問題。

1. 如前所述，本書最大的特色就是提潛鈎沉，顯彰白璧德及其在華弟子的學說地位。侯教授認為「白璧德對本世紀的文學思想，深具影響，而其史識學養，更鮮有人能出其項背」。夏志清教授在「現代中國文學史四種合評」中則表示，他自已比較同意費德勒（Leslie Fiedler）的看法，十八世紀晚期浪漫運動代表了西方人精神上的一個「大突破」，一個新的「自我」的產生，此後西方文學創作不可能再馴服於「新古典時代」名教社會的道德秩序。「無怪東方任何國家，一接觸到西方文學，無不為浪漫思潮所震動而倡導『個人主義精神』的，也即是浪漫主義的，新文學。二十世紀初期，白璧德同盧騷思想挑戰，還能聳人聽聞。目今盧騷早已大獲全勝，白璧德思想，他的一批徒弟去世後，可說在西方社會裏已毫無影響力。讀過聖賢書的中國人當然對白璧德的『新人文主義』頗有好感，但在西方也好，在中國也好，『新人文主義』的理想已不可能供給藝術家任何靈感，這是無法否認的事實。我們不可能勉強作家遵守任何教條去創作，他們的創作靈感得來自於日常生活間的眞情實感。縱使白璧德的徒弟艾略特，寫起有關世道人心的論文來，道貌岸然，連『新人文主義』也加以批判，但自己寫起詩來，想像裏也不得不充滿了『稻草人』、『荒原』這類空虛、絕望的形象。侯健認爲白璧德師承阿諾德，但阿諾德雖然嚮望希臘古典文學的偉大，自己寫起詩來也不得不充分流露一個膽怯的浪漫主義者心靈的脆弱和矛盾」。夏志清教授的這段話，固屬「無情」，當是實情。

請容我再舉數例以證白璧德對本世紀的文學思想，是否眞的「深具影響」。「美國的文學」作者堪利夫 (Marcus Cunliffe) 指出，白璧德等人文主義者太遠離時代，他們憎惡這個時代的文學，「他們以尖銳的聲音講話，發出詛咒之詞，正是一種企圖掩飾教堂空虛而越發裝成嚴厲的教士團似的」。白璧德提倡的「內在節制」，也「似乎是理論上的，而且冷淡無力」。「二十世紀美國文學」的作者斯魯伯 (Willard Thorp) 也說，做爲一個批評家，白璧德無疑是有缺陷的。「實際上，他不是一個批評家，而只是概念的歷史家。當他想要寫一兩句分析性的文章時，他所說的永遠是針對作者的道德立場，不然就是說他缺少道德立場。當代作家甚至不被允許擁有當代精神」。斯魯伯並且指出，在本世紀開始的前十年，白璧德和默爾(Paul Elmer More)尙可用一種溫和的理性的聲調，進行改造或說服的工作，「但當有名氣的敵人從四面八方湧現時，他們的聲音也越變越粗厲。到了一九一八年，他們已是身在競技場中，與孟肯和其他人拳來脚往的較量起來了」。凡此皆說明了白璧德文學處境的艱辛。

一九三〇年，格瑞坦(C. Hartley Grattan)主編的「人文主義批判」出版，集年輕一代批評家之言，包括六位被視爲「可執文藝批評界牛耳」的人，他們指責白璧德等人文學者：㈠其同情是窄狹的，不論對社會對美學都是採取詔上傲下的作風，對當代的創造文藝則抱持憎惡的態度。㈡所倡導的人文主義，只不過是「矯正文明的一種機械的公式」。㈢批評充滿錯誤，因爲其中乏人對藝術直接有所認識。㈣在邏輯和學識上有缺陷，白璧德有時也會譯錯希臘大師的著作，並且把他們的意思歪曲附會。

我覺得較侯敎授準確的論斷，反而來自「聖人之徒」的梁實秋先生。他在「關於白璧德先生及其思想」一文中有如下數段：

①白璧德的人文思想，在當時的美國，是被很多人目爲反動的守舊的迂濶的，雖然有P.E. More敎授和他遙相互應，雖然有若干信徒爲人文主義作過一點宣傳，他和他的一套思想(新人文主義)在重功利的美國社會裏並未激起多大的波瀾。

②白璧德的人文主義思想並不限於文藝，在他手裏文藝只是他的思想的注脚，只是一些具體

的例證，他的思想主要的是哲學的，他的主張及於政治倫理方面者較多，牽涉到形而上學者甚少。

③白璧德畢生致力於文藝批評，但是骨子裏他是提倡一種不合時尙的人生觀。他沒有任何新奇的學說，他只是發揚古代賢哲的主張。實際上他是「述而不作」，不過他會通了中西的最好的智慧。在近代人文主義運動中，他是一個最有力量的說敎者。

董保中先生最近在中國時報人間副刊發表「到了臺灣」一文，指出他寫博士論文，寫的是新月派，其中一章完全是寫梁實秋先生的人文主義及其與左翼文學論戰的事，所以對白璧德人文主義甚有同情，也自覺很受影響，不過，「不在文藝方面」。

夏志淸敎授在「愛情．社會．小說」一書中另外指出，因爲白璧德在哲學和宗敎學方面下的工夫太深了，文學見解反而有時顯得獨斷而不夠中肯。「我國學者民國以來一向注重思想，無怪在討論文學時也免不了犯幼稚的毛病」。請原諒我再擧最後一個不幸的例證，「述而且作」的白璧德死敵辛克萊（Upton Sinclair），他的作品被選入「改變美國的書」，小說共寫了七百七十二種，被譯爲四十七種以上的文字，在許許多多國家內流行，影響的深遠實勝白璧德。準此，侯敎授在本書中予我們「文學巨人白璧德深具影響」的印象，是否傳眞呢？

2.侯敎授獨尊白璧德的結果，添了一項副產品，就是玉石俱焚，不「白」卽黑。就「文藝與社會」這個概念而言，杜威主張以增進人類幸福與美化社會生活，做爲文藝的價値。此種文藝理論與白璧德的中心觀點幾無不同，亦為侯教授所承認（二一〇九頁），但因兩者的哲學方法與處世態度有異，杜威遂遭侯教授過度的指責，這種指責與侯教授開宗明義強調「以文學本身所具的價值或功能標準」，似有距離。再說林語堂先生，也曾是白璧德的弟子，但「因為他是浪漫主義者，論文偏於性靈，所以與白璧德格格不入，成為白璧德中國弟子中唯一不僅未受籠絡，而且一心要打倒老師的人」。侯教授為此似乎動怒了，他說林語堂「反共成就不大，僅能為虎作倀而已」。這兩句話出現在這本強調「無私」的文學觀的書裏，令人感到有些言重，尤其是這句成語。

3.與此相類的，是對胡秋原先生的批評。胡先生「當年睥睨揮羣敵，常勝旌旗是自由」，他持文藝自由論和「左聯」論辯，結果馮雪峯根據「左聯」的決議，以何丹仁名義撰文總結，承認左翼批評家犯了機械論的（理論上）和左傾宗派主義的（策略上）錯誤，並糾正了瞿秋白、周揚、舒月在論戰中所表現的態度，成為「左聯」對外衆多的論戰中，唯一構成自我檢討的經驗。侯教授對此事的評語卻是這樣一段話：「胡秋原先生似乎迄今仍認為他的反共努力是成功的。誠如他所說，左聯對他由學識而來的理論，頗為敬畏讓步，但是，胡先生與前此的梅、梁一樣，並沒有能使對方有任何改變，或對大局有何補益，因而至多也只是精神勝利而已。」侯教授對胡先生以阿Q相責，實在有失厚道。對於「無補大局」，我試擬一例請教：我們能夠因為大陸的淪陷而否定當年江西剿共時碉堡政策的成功嗎？何況「並沒有能使對方有任何改變」一語也和事實不盡相副，當年「左聯」自承錯誤，改採和緩柔軟的態度即可說明。而當左聯決定停戰以後，又發生一個揷曲，即周揚等人不服，除在「左聯」的機關雜誌「文學月報」第四期上化名對胡先生攻擊外，還創辦雜誌發行「批判胡秋原專號」。不久「左聯」派人訪晤胡先生，說周揚此擧非「組織」之意，又說中共當時「中央負責人」張聞天曾下令停止對胡先生的攻訐。次期文學月報果然刋出魯迅抗議周揚的信，這也埋下後來周揚魯迅相爭的伏線。「左聯」若非理屈，爲什麼要改變態度一再示人以弱呢？侯教授對這樣一位揮劍作戰的自由人，何以厚責若是？

4. 侯教授對魯迅是怎樣轉向到左翼陣營的，表示「到現在無法有定論，因爲當年與此事有關的人，並未留下完整的紀錄」。雖然如此，侯教授仍提及以下幾個原因：㈠做爲共產黨員的魯迅學生馮雪峯的阿諛拉攏。㈡美共史沫特萊（Agnes Smedley）據說曾勸告周揚、夏衍等拉攏魯迅，並自己往謁魯迅，盛稱他是中國的高爾基，且在美國左翼報刋上爲他吹噓。㈢何況還有馮雪峯從內部慫恿（侯教授漏說了魯迅的同居人許廣平），田漢等從外部遊說。此外，侯教授並提及共黨史書所說，遠在民國十七年的下半年，中共江蘇省委曾派夏衍、馮乃超、李初黎等和魯迅聯繫，共同計畫「左聯」的成立工作。「但爲什麼拖了一年多才成功，仍是一個謎」。

由侯教授發出的疑問，使我深深興起一種感想，就是有關一個人轉向的史實查考產生問題的癥結，往往並非「文獻不足」，而是「文獻不足以道盡眞相」。「當年」與此事有關的人即使留下完整的紀錄，也無法說明「紀錄之外的實際原因」，那是背景潮流加上心理上的問題。

假如我們限定以一個人的一段話來說明魯迅轉向的原因，可以參考的是蘇雪林女士後來在「我論魯迅」中的分析：

那是一種國際性的勢力。龐大的赤熊正在北極地方站起，張開血盆大口等待吞噬這個舊世界；全地球數勝過資產階級數十倍、貧窮、饑餓、受壓迫的無產階級，正在怒吼、掙扎、反抗，這勢力一旦爆發起來是無可抵禦的。

何況全世界有無數目自命前進的有名學者文人，中國也有許多優秀的作家，渴慕著這種主義，每日拚命替這個主義宣傳、鼓吹，斷定了無產階級革命是一股遏止不住的「時代潮流」，世界共產主義化是「歷史的必然」，誰想違背這個趨勢，一定會落在時代背後，成為誰都不屑一顧的「渣滓」。說的話的確叫人心神為之悚動！

虛無主義者的魯迅，眼光之透澈，連造物主的把戲，他都看穿，這種政治上的把戲，豈肯在意？況他也知全球赤化未必這麼容易。可是，他卻不願意被人們宣布「沒落」、「死亡」，他需要那個「文藝寶座」，他要借那個寶座的力量，滿足他異常熾盛的虛榮心理，借那個力量來報復他所仇恨的「正人君子」以及一切人們。

簡而言之，魯迅識時務，無法抗拒當時舉世的左傾狂潮，並欲藉此滿足其領袖慾。有了這樣的體認，他才接受了包圍身邊人物的影響。因此侯教授所說馮雪峯等的拉攏，只是順水推舟的觸媒而已。這段話也正好解釋「為什麼拖了一年多才成功」，因為魯迅的心理轉變，需要時間。

5.梁實秋先生與左翼團體的論戰，主要就是「人性」與「階級性」的各自強調。梁先生不承認人性有階級性，因而也不承認文學有階級性。侯教授將梁先生的文學論歸納成七項：㈠文學所表現的是基本或普遍的人性，這人性是不會改變的，而且不因個人所屬爲資本或勞工階級而有所不同。㈡文學並不反映時代，而時代恰能反映作者的精神。㈢文學是人生的摹仿，而非作者的主觀或自我的表現，因而縱在表達發洩感情的時候，仍當遵從理性的節制，守定一定的分寸，以免違背常態的人生。㈣文學的紀律是內在的自制，並非僅是外在的權威，而紀律的價值，在能導向「健康」。㈤文學是嚴肅的，而浪漫的感情擴張，有害於這種嚴肅性。㈥大衆文藝是自相矛盾的名詞，因爲大衆根本就不會有文學，文學是少數「知識貴族」或精粹人物（elite）的事。㈦文學的領域很大，所以普羅文學未嘗不可以存在，但標語口號不能代替文學，要提倡它不能僅掛招牌了事，而必須拿出貨色來。

侯教授在本書結論中指出，民國以來的文學運動，主要的只有文學革命與革命文學兩個，「而不幸的是，它們都是成功的」！然則梁先生何以不敵「革命派」？究竟在理論和實際上有何短處？似乎未見侯教授的深刻說明。

鄙意以爲先要解答一個問題——爲什麼馬克斯主義對那些也算知識分子的「左翼作家」有吸引力？

因爲，馬克斯雖然否定有普遍一般的人性，而只有階級的人性，但他又認爲：消滅了階級之後，才有眞的人性，才有眞的自由平等和博愛。這個「合理觀念」的標懸，使得當時有許多人相信，社會主義終能實現較資本主義更高的文化。也可以說，由於西方資產階級日益以人爲求物質快樂的機器，則馬克斯主義一方面是西方文化中此一人性論的發展，一方面是其反叛。胡秋原先生曾就這些性質列一簡表：

物理的人性→動物的人性→資產階級的人性⇅無產階級的人性。

共產黨人認爲「人性是社會的、歷史的東西」，它「不是先天帶來的東西，而是一定的社會生產關係的產物」。既然人性是歷史的，所以「人性的善和惡，也是歷史的。從歷史看來，只有那種與當時人民在一起，傾向和努力於歷史前進的，那就是當時的『善』；反之，那就是當時的『惡』」。梁先生認定文學是「知識貴族」的事，大衆文藝不通，與共產黨的善惡觀相去既遠，自然大遭攻擊了。共產黨根本認爲，人性是一個社會範疇，「在有階級的社會裏，階級性就是人性」。梁先生既承認人爲的不平等現象存在著，也表露有無產階級和資產階級區分的事實，則雖然他強調人性在「基本的悲歡離合之情上」未嘗不同，卻無法解決敵人堅持的：「還在階級社會裏，卽斷不能免掉所屬的階級性」，何況「階級性就是人性」。所謂「文章合爲時而著」，在討論到普羅階級時，「左翼」能夠就近取譬，梁先生卻在翻字典找定義，自然就被視爲不合時宜了。

我們當然反對階級論，但它並非人性論可以盡駁。梁先生希望「異中求同」，或者說「小異大同」，但共產黨偏偏強調這個「異」字，人性論此時就顯得籠統。強調階級性有何錯誤？錯在決定文學和藝術標準應有很多因素，而不只是階級，從個人的品味能力到民族性、歷史的傳統等也都很重要。比方說，中外繪畫中「松柏」的寓意就不相同，這是受歷史傳統認知的影響，不盡是人性，也不盡是階級性可以解釋的。誠然，人類有共同的知情意愛好，那是心理上的共通點，也就是梁先生所說人性的不變處，但文藝不盡是心理學所能概括的。

我敬佩梁先生爲「維護文學本身的價值」而做的努力，但他至少還可以反問階級論者兩個問題：

①無產階級和資產階級如果沒有共同點，那麼兩個階級都讀古典文學等事實要做何解？

②同樣是無產階級，中國籍和外國籍的思想難道就相同嗎？

請侯教授原諒我連帶的一個疑問：就像白璧德的思想偏重於哲學一樣，人性論搬到中國來，適用於我們的文學經驗嗎？中國文學注重的一向是情感，梁先生自己的「雅舍小品」就是鮮活之例，我們也可以上溯至詩經和楚辭時代。大家都知道，人性是人的情感和理智的表現，所以拿人性來談文學，就不夠精確，拿來談哲學則較適宜。

6.侯教授檢討「民族主義」與「左聯」論戰的結果，引用一九六六年中國文藝年鑑的看法，認爲失敗的原因之一是經費不夠雄厚，這點值得商榷。劉心皇先生的「現代中國文學史話」中有一段紀錄可爲參考：「據民族主義運動發起人之一的范爭波先生說，當時發起的民族主義文藝運動，經費相當充裕，有銀洋五萬元。運動一開始，便有很多左翼作家倒了過來。當時共黨的地下黨部認爲情況嚴重，曾派人暗殺范先生，而范先生因之受傷，這運動便衰落了。」由此也可見共黨的橫暴。

六十六年十月　仙人掌雜誌

鄭老師的「魯迅正傳」

民國六十二年到六十四年，我就讀政大東亞研究所，上過鄭學稼老師的「馬列主義批判」、「社會主義運動史」、「第三國際史」等課程。那時「魯迅正傳」尚係舊版，一百一十二頁的篇幅僅分八章，然已深深吸引我的視覺；它與鄭老師的另著「從文學革命到革文學的命」，共同加強了我選擇以「左聯」爲碩士論文題材的意念。鄭老師是海內外公認的博學者，時報增訂版「魯迅正傳」的讀者一閱書後的著譯年表卽可略知，而老師已完成尙未結集的書稿至少有六、七百萬字，這還不包括計畫或進行中的。如今我對學問的崇敬與日俱增，多少是受到鄭老師的精神感召，就像指導我論文寫作的胡秋原老師予我的啓發一樣。

我讀過一份十年前開列的研究魯迅的書單，有案可稽的中文本當時已逾五十種，依照有增無已的熱門度推算，迄今恐達百種。以單册論，鄭老師的增訂版「魯迅正傳」可能是其中內容最豐富者。他舉出這新版與舊版有下述不同之處：1.删去諷刺魯迅的話；2.儘量用可靠的記錄，敍述魯迅的一生；3.詳述魯迅思想的演變，並因之與創造社、新月派、民族主義派、第三種人的論戰，以及批評言志派；4.晚年反抗「奴隸總管」周揚，並不滿「國防文學」；5.增加許多附錄，幫助讀者明瞭魯迅左傾思想的來源等。總而言之，新書是以更爲公平和翔實的立論，顯現出魯迅的眞貌來。

雖然如此，鄭老師在新書的首章裏，仍然保留如下一段話：「我之寫『正傳』，已收到（與歌頌）相反的成果。但，這應原諒我。我不是愛這位已死的『青年導師』兼『革命導師』太少，而是愛文學或眞理太多。」魯迅自己在「阿Q正傳的成因」一文中就承認，他於「世故」實在是太深了。因此，他能一面罵國民政府，一面領它每月三百元大洋的津貼達四整年；也能在更換過許許多多大總統和教育總長的北洋政府中，擔任過長達十四年的教育部僉事。無怪乎鄭老師有這樣精闢的分析：「我們十分明白，在那樣腐化的北京官場中，周樹人（即魯迅）能混了那麼久長的時間，是不容易的。他是否在那迎張援李似的生涯中，和一般官僚表演了奴顏婢膝的醜劇，只有他的同僚曉得。但是，我們卻不能專用這事實估計他。恰似周樹人兼魯迅，所以，他的生活也有黑暗與光明的兩面。如果說：周樹人是代表黑暗，那在魯迅的著作中——對於舊勢力的憎恨，卻代表光明。魯迅所以能夠成爲黑暗勢力的反抗者，爲著他是周樹人，周樹人冗長地被侮辱被壓迫的生活，使他假魯迅之口，排洩出反抗的氣憤。因此，我們在周樹人的生活中，見到向卑劣者屈膝敷衍等暗影，而在魯迅的『雜感』中，卻面對映現那些人類不該有的事態的光芒。只有被侮辱的人方知道對侮辱的反動；只有被壓迫的人，方明白對壓迫者的反抗。所妙處，崇拜魯迅者，只知他的光明一面，而忽去他的另一面——黑暗。」因此，鄭老師指出魯迅過着雙重人格的生活。

我特別注意到鄭老師這裏的一句話：「對於舊勢力的憎恨，卻代表光明。」今天有些人士全面否定魯迅著作的價值，這和全面吹捧魯迅一樣是值得商榷的。誠如明興禮先生在「新文學簡史」中所說，多讀魯迅的作品會有失去心靈平安和增長反抗情緒的危險，但「阿Q正傳」能夠解除年輕人的虛榮心，「孔乙已」、「藥」、「明天」、「祝福」等揭示當時中國的窮困，也幫助了青年增長閱歷和認清現實；「魯迅在他苦痛的深處，隱藏着一顆對大衆的深刻的同情心」。胡秋原老師也在「少作收殘集」中指出，魯迅具有人道主義的傾向。我個人認爲，在臺灣的讀者透過鄭老師本書的解說，得以謹愼和帶着批判的精神來了解魯迅，免於過去青年所受的不利影響，這是一件幸運的事。

鄭老師認爲「吶喊」是魯迅創作中的傑作。的確，他最著名的小說差不多都收入這本集子裏。「吶喊」的自序中表示，還未能忘懷於青年時代自已寂寞的悲哀，「所以，有時候仍不免吶喊幾聲，聊以慰藉那在寂寞裏奔馳的猛士，使他不憚於前驅」。鄭老師指出，「五四」後國人的思想和眼光都注聚於「將來」，所以魯迅所寫的「過去」，在當日不能立即引起一般青年的注意。「可是，對『過去』的認識，卻是走赴『將來』的指標，因此，隨時間的消逝，魯迅在『吶喊』中所重映現的事實和人物，能夠深入於人們的腦中。又爲着做這工作的，只有他一個人成功——別些人，也許爲着『將來』的勾引，而放棄它。——所以，他的作品，由於特殊的風格、特殊的

『過去』事實，逗引人們的賞識。這些估計，可以說明：魯迅不因戴着當日文學桂冠的創造社人們的貶難下而沒落的原由」。不幸的是，魯迅從此告別了小說創作，投身於各式各樣的論爭中，至死方休。

我們若從魯迅自己的想法出發，當知他從「不准革命」的難堪到獲得「中國高爾基」的頭銜，心情上不免援近被人抬轎上山稱王，何況轎夫原屬不知敬老的難纒青年。此點可證之於他答覆姚克的信：「革命文學的作家（原註：舊仇創造社，新成立的太陽社），所攻擊的是我，加以舊仇新月社，一同圍攻，乃爲『衆矢之的』。…到了一九三〇年，那些『革命文學家』支持不下去了，創、太二社的人們，始改變戰略，找我及其他先前爲他們所反對的作家，組織左聯。」鄭老師從本書第七章「不准革命」到第十章「浪子之王」，詳述魯迅加入「左聯」以前的曲曲折折。

我在碩士論文中則指出，這種勝利的感覺卻是雙方兼具的。就「革命文學派」而言，雖然改變做法看似委屈，收穫卻是實質的，因爲紅色廟會從此平添了一支最巨大的香火，節省了太多從頭培養這樣驍勇善戰作家的時間和精力。魯迅特別好捧，中共乃對症下藥，果然化敵爲友，受用至今。

鄭老師在本書中多處言人所未言，例如一六三頁的註解裏提到蔡元培，指出蔡後來參加反國民政府的政治運動，並掩護馬克思主義書籍的出版。自該院主幹楊杏佛被暗殺後，他用袒共行動洗刷去「清黨」的記錄。抗戰期間，他不去中研院所在地的陪都重慶，寧死於香港。到中共政權成立，毛澤東們令梁啓超和胡適的兒子公開罵自己的爸爸，只有蔡子無忌不僅沒有公開罵「清黨」元勳之一的父親，還繼任上海商品檢驗局長，此外更有「孑民紀念堂」。「毛澤東們對蔡何以如此寬容，是一個歷史謎題」。

我覺得答案之一，就是蔡的「袒共行動」。鄭老師在本書第十七章「叛徒」裏也說，推動魯迅向左走並與中共上層工作者直接接觸的人，卽是蔡元培。經過蔡，魯迅認識宋慶齡，由之加入三盟：「自由大同盟」、「左翼作家聯盟」和「民權保障同盟會」。我個人認爲，魯迅加入「左翼作家聯盟」（卽「左聯」）似與蔡、宋無關，其他二盟則應該有關。其中「自由大同盟」是「左聯」成立前夕在共黨支持和領導下成立的一個團體，魯迅曾到場演說，被中共列爲首要發起人。消息見報後，國民黨浙江省黨部以「反動文人」的罪名，呈請通緝他。魯迅於是對許壽裳說：「浙江省黨部頗有我的熟人，他們倘來問我一聲，我可以告知原委。今竟突然出此手段，那麼我用硬功對付，決不聲明，就算由我發起好了。」

鄭老師指出，魯迅此處所說的熟人，是指主浙政的朱家驊。魯迅還對許氏說：「我所抨擊的是社會上的種種黑暗，不是專對國民黨，這黑暗的根源，有遠在一二千年前，也有在幾百年、幾十年前的，不過國民黨執政以來，還沒有把它根絕罷了。」

我們比較今昔，深感執政黨記取了這一面的歷史教訓，表現出智慧和進步來。例如近年的鄉土文學論戰，鄉土派卽無一人因此而受到政治手段對付。相反的，總政戰部主任王昇先生更寫信給尉天驄先生，嘉勉他主編的「鄉土文學討論集」，這說明了今天軍方的通達。鄭老師在本書中感慨：「當魯迅被（創造社等）圍剿時，反共者中如有開明的人贊助他，他是否由『不准革命』轉而投降圍剿者呢？是一個歷史的謎題。」怎樣避免重演歷史的遺憾，是今日仍須努力之處。我覺得古聖「有容乃大」和先總統 蔣公「不是敵人，就是同志」這兩句話，值得大家時時想到。

鄭老師爲魯迅做了如下的蓋棺論定：「魯迅的眞正價值，就是他以文學家身分，指摘中國舊社會的殘渣。他是這工作的優秀者，他又是這工作在文藝上的唯一完成者。我有這一感覺：如果沒有中國的社會發展的混亂情況誤了他，他會在寫實文學中，佔了一個重要的地位。也許他會成爲我們的福樓拜。至於今日人們用『思想家』，『無產階級革命家』，或『青年導師』等尊稱他，一些也不相稱。因此，在我們需要重新估計魯迅時，應抱『凱撒歸凱撒』的宗旨，恢復魯迅的眞正價值。」這段話爲本書舊版所原有，它堪稱公平地說出了魯迅的成就和悲哀。

容我對本書做一二挑剔。鄭老師固已言明，由於他對「吶喊」較喜愛，因此所述不及於魯迅的另一本小說集「徬徨」。這對臺灣的讀者是一遺憾，本書也因之略有遺漏。「徬徨」收集了魯迅在民國十三到十四年間寫成的十一篇小說，夏志清先生認爲就總體而論，它比「吶喊」更好。其中「祝福」、「在酒樓上」、「肥皂」和「離婚」，被夏先生視爲研究中國社會最深刻的小說。此外，一九三〇年三月二日「左聯」成立，鄭老師提及參加者有茅盾、周揚、瞿秋白等人。

其實他們當時尚在日本和蘇聯等地，似乎還是以列入「後來參加者」爲更正確。又，本書的校對宜再加強。最後，敬祝鄭老師健康愉快，本書中提及要改寫增訂的「從文學革命到革文學的命」一書，能夠及早問世，再度嘉惠讀者。

六十八年一月一日　出版與研究

一朵壓不扁的梅花

——「可能發生在二〇〇〇年的悲劇」讀後

捧讀了這篇原載於「北京之春」五月號的小說，一時心頭交感不已。

中共當局對最近一次民主運動的全面鎮壓，是在今年的三月底和四月初，而「北京之春」仍見出版五月號，說明了中華兒女的不畏橫暴，愈挫愈奮。毛澤東地下有知，必定後悔自己在年輕時寫過這樣的句子：「萬類霜天競自由」。五月的天氣本該很「媚」（May），但大陸上的政治氣候是如此森冷，「北京之春」——這份由共青團中央委員在內的大陸青年創辦的刊物，就像一朶壓不扁的梅花，笑看着包圍的冰雪，並且說：「我的靈魂和身體，都不可殺！」

蘇明先生是一位智者，他採用了中國新文學作品裏最受歡迎的形式——小說，來表達重點所在的大字報內容，這是一種成功的嘗試。作者對大字報的出現安排過三次中斷，顯示出他處理較長較硬文字之得宜，免去大家連續閱讀時的吃力，也使得它在氣氛上更像一篇小說。作者認爲一場歷史性的改革，可能會因權力鬪爭而葬送。「前車之鑑，泥痕尙在」，所以他爲大字報的勇將取名「余悸」，說明了大陸同胞的心有餘悸。連過去慣剃人頭的「文藝總管」周揚，復出後「笑談歷史功過」時也指出，今後難保不再發生類似四人幫式的統治，益證這篇政治小說並非全屬幻想。我認爲大陸知識分子的泥痕和淚痕，至少應從五十年代算起——誰能或忘毛澤東從鼓勵「鳴放」到變臉「反右」？當時中共內部又何見四人幫？本文作者果然未受宣傳所蔽，他直指大陸民生之多艱和政局之多變，是「實行著高度中央集權制」所致。這種控訴一針見血，中共當局能感無痛？

魏京生先生在「探索」中說得好：「如果要延續毛澤東式的無產階級專政，就沒有民主可言，也實現不了人民生活和生產的現代化。」由於毛澤東身兼「中共的列寧和史達林」這雙重身份，中共若全盤否定其歷史地位，無異「動搖國本」，加上共產黨人都嗜權如命，於是「四個堅持」仍唱不絕。華國鋒想在堅持毛澤東思想之下，於公元兩千年完成四個現代化——皆與生產有關——現在困難業已不斷暴露出來。本篇小說從題目到內容，都在懷疑中共開出的這張「極樂」支票，作者甚至直接向中共要求「人民做主人」的權利，其中包括選舉權、人身自由權、宣傳權等。試問，大陸同胞一旦眞正享有這些如作者所說的，「不過是像空氣、糧食一樣的普通東西」以後，「無產階級專政」還有立足的一天嗎？蒼茫大地，共產黨又還能主沉浮嗎？

提到實行民主時，作者惋嘆孫中山先生死得太早了。對中華民國的國父而言，中共原是亂臣賊子，毛澤東最多也只敢說，「批判地繼承」孫先生。如今喝共產黨奶水長大的青年，要以孫先生的思想來取代毛澤東的思想，「建設一個比資本主義社會更先進的國家，而不是維持一個沒有資本主義弊病，但還不如資本主義社會的國家」。這不是「迎頭趕上」、「思患預防」諸義嗎？爲了避免公元兩千年中國悲劇的可能發生，須靠全體中國人在這方面盡心盡力，而「最紅最紅的紅太陽」一類的調子，實在不能再唱下去了。

六十八年九月七日　人間副刊

三十年一場大夢

——從巴金的「豪言壯語」談起

一九七六年十月，四人幫終於被推翻，文革期間飽受迫害的老作家巴金，總算幸運地活着走出了牛棚。一九七八年十二月十七日起，他在香港大公報副刊上發表「隨想錄」，當做「對讀者講的最後的話」。九個月以來，「隨想錄」刊出了三十一篇，最新的一篇就是「豪言壯語」。

中共政權成立至今三十年，巴金最近在看他三十年來散文選集的校樣時，才發現自己也是個「歌德」派，不過他只承認集子的前半部是如此，前半部大約收的是他在文革以前的作品。文革期間巴金被剝奪了寫作的自由，近年復出以後，他以「懷念蕭珊」等文名世，這些文章確是血淚文學的同輩，也延續了三十年代的抗議精神。但是，正如人民日報在半年多以前還發出的訓令：「我們的文藝家應當具有徹底唯物主義的精神，敢於歌頌，敢於暴露。」巴金在暴露四人幫的罪惡之餘，「後半部」是不是就能完全倖免於「歌德」呢？

一九七七年七月九日，「中國新聞社」發表了該社記者的一篇文章：「訪巴金」。巴金在訪問中敍述了周恩來對他的「關懷」：「我們的好總理，爲了舊知識分子的改造花費了多少心血。」

又說：「無產階級文化大革命給了我極為深刻的教育。我從心裏接受革命羣衆，包括我的許多熱心的讀者對我的批判和幫助。他們對我的教育，良藥苦口，卻能治病。我從舊社會帶來的垃圾，如果不掃除，就會發臭。」

這段話也登在香港的大公報上，與後來刊出的「隨想錄」形成一個有趣的對照。嘗過共產黨苦頭的人，想到「改造」二字可能就會心有餘悸，巴金卻以此歌頌周恩來，不知是言不由衷還是出於反諷？「垃圾論」尤其令人難受，過去被稱為「臭老九」的知識分子，在四人幫下台以後，竟然仍須這樣自我作賤！

毛死江倒，中共新的領導階層事實上還在執行「政治第一，藝術第二」的政策，還是強調在文藝批評上，要對作品做「細緻的調查研究」；對於「反軍、亂軍、反黨、反社會主義的毒草」，必須進行「嚴肅的批判鬥爭」。在這樣的要求下，重新出版的老書也就必須加上按語，向讀者自陳不合時宜之處。一九七七年十一月，巴金就在「家」的重印後記中檢討：「我的作品已經完成了它們的歷史任務，讓讀者忘記它們，可能更好一些。」又說：「像這樣的小說當然有這樣或者那樣的缺點。我承認：我反封建反得不徹底，我沒有抓住要害的問題，我沒有揭露地主階級對農民的殘酷剝削，我對自己批判的人物給了過多的同情，有時我因為個人的感情改變了生活的眞實，……等等、等等。」

巴金要做這樣卑微的自我貶抑，溯本追源，實可歸因於三十年代文學與延安文藝講話以後工農兵文學的分野。誠如夏志清先生所說，前者是從寫實主義出發，把宣揚人類的同情和博愛，以及和社會黑暗勢力的鬪爭，列爲當務之急，後者卻以攻取山頭、鞏固政權爲目的，所以必須受黨的嚴密控制，除了歌頌自已和詛咒敵人之外，作者不可能有描寫人類眞實感情的自由。因此，兩者不但尖銳地衝突，前者還是後者所要消滅的對象。

巴金後半生在共產黨的統治下過活，爲了自保或其他理由，他在文學方面進行了長期的「自我消滅」。今年七月十九日刊出的「隨想錄」第二十篇，巴金寫下這樣的感慨：「有人責怪我解放後沒有發表長篇小說。我也曾反覆思考，心平氣和地作過解釋。沒有寫長篇小說，只是因爲我想丟開那支寫慣黑暗和痛苦的筆，我要歌頌新人新事，但是熟悉新人新事又需要一段較長的時間。我錯就錯在我想寫我自已不熟悉的生活，而我並沒有充分的時間和適當的條件使不熟悉的變爲熟悉，因此我常常寫不出作品，只好在別的事情上消磨光陰。這說明知識分子的改造十分艱巨。我自已應當負全部責任。」

「常常寫不出作品」是巴金的痛苦，也是大陸上老作家們的共同悲哀。爲了歌頌中共當局及其政策，巴金曾經勉力做過紅色的宣傳員，寫過「生活在英雄中間」一類的文字，也到北韓戰場上「改造」思想一番。然而以上這些事蹟，他自已都不懷念，現在更以時間不充分和條件不適當，做爲無法交卷的答覆，這說明了他的舊骨不可盡毀。可是最後一句「負責」的話仍不得免，他爲什麼非這樣說不可呢？

巴金「自我消滅」的另一例，刊登在去年三月號的「七十年代」上。巴金的名字與無政府主義有關，連這份刊物的記者都不避言，記者只是問他「現在是否有放棄的必要」？巴金答覆時表示，當年他在法國寫完「滅亡」那篇小說時，正好一位姓巴的同學自殺了，所以就取這個「巴」字做爲紀念。至於「金」字，則是因爲他當時在翻譯一本倫理學，該書的最後一個字是「金」字。於是他隨手寫下「巴金」這個筆名，「並沒有想到這個名字的用意」。

巴金在這篇訪問中不得不表示，他在「二十年代」時相信無政府主義，不過正如他於今年四月底在法國所強調：「那是年輕時候的事了！」巴金力證他的筆名與無政府主義大師巴枯寧和克魯泡特金無關，目的何在呢？因爲無政府主義的思想本質迥異於馬列主義，克魯泡特金更以互助論來反對馬列主義的階級鬪爭論，並指出馬列主義的主張專政，不是爲了促進無產階級的解放，而是爲了用自己的統治來建立新的奴役制。史達林爲此甚感惱火，所以直言無政府主義者是馬克思主義者的眞正敵人。事實上，中國的無政府主義者如吳稚暉、李石曾、張靜江等先生，也都是馬列主義的終生之敵。

巴金於一九四〇年三月翻譯克魯泡特金的「麵包與自由」時，盛讚這本書是「一首眞理的詩」，認爲它是一個不朽的紀念碑，「萬人的麵包（安樂）與自由！眞善美之正確的意義都包括在這裏面了」。如今無政府主義已成爲一個歷史名詞，巴金身在馬列主義的統治下，自然不便重溫這種理想、自由的社會主義，可是他爲什麼必須躲避這段人人皆知的歷史，如同躲避蛇蠍？同時，一九四〇年還能夠稱之爲「二十年代」嗎？

明白了以上種種，才能了解中共何以允許巴金發表「隨想錄」。在「隨想錄」第六篇裏，巴金提到曾經勸曹禺「少寫表態文章」。其實他本人如果沒有過上述的表態之舉，如何換得今天說幾次眞話的機會？爲了一吐這些心頭語，他還要下很大的決心。「隨想錄」第十篇裏說：「我把它當作我的遺囑寫。」現在他爲第一集寫後記，又提到「人之將死，其言也善」，說是很喜歡這句古語，其實這也正是一種悲願。

香港大公報是中共的統戰報紙，它主要是辦給自由世界看的，在大陸上是限閱品。「隨想錄」登在大公報上，是中共衡量得失後的結果。四人幫被打倒以後，中共又遇到與美國「建交」和對臺灣「和誘」諸景象，爲了顯示自己的民主作風，巴金這種較開放的言論也就容許上場了。對中共來說，被揭開的瘡疤都可以貼上「四人幫」這三個字的標籤，不過被問到「二十年前何來四人幫？」以及「爲什麼只有在共產主義制度下才會產生四人幫」時，中共常會啞口無言。

對巴金來說，這可是千載難逢的機會，正如他在早期作品「生之懺悔」裏所說的：

我一寫作，自己的身子便不存在了。在我的眼前，出現了一團暗影，影子越來越大，最後變成了一連串悲劇性的畫面。我的心彷彿被一根鞭子在抽打着；它跳動不息，而我的手也開始在紙上移動起來，完全不受控制。許多許多人抓住了我的筆，訴說着他們的悲傷。

如今，這位受盡侮辱與損害的三十年代老作家，刼後餘生，就以「一場大夢」、「說空話」等，做爲中共政權三十年的歷史證言！

六十八年十月一日 人間副刊

動人的參考書

初讀「脚印」是在三年前，友人持此書以贈。那時我已研究了一陣子的大陸問題，對文革的背景大致了然，覺得此書有助於深入認識其過程。它和「天讎」、「尹縣長」一樣，詳細說明了文革時的場景，在體例上雖屬小說，但因作者求眞的態度，寫實的筆法，使我有讀「動人的參考書」之感。

重讀「脚印」是在半年前，幼獅文化公司編譯部的朱榮智兄來電，囑我逐字校讀潤飾，以利新版。固辭不獲，我只有斗膽從命了。

因此得晤阿老先生。原來他就是以研究曹操知名的周野先生，跟我同年又同宗。他寫此書的初稿時還不到二十四歲，換言之，所寫是二十四歲以前的經歷。那一番鬼哭神號的經歷，使得他遠較我成熟幹練。雖然，「阿老並不老」。

他的謙誠和勤學，很像曾與我一席談的吳甿先生。他們，加上遠隔雲山的魏京生先生，共同的際遇和表現，印證了一種看法：覺醒的紅衞兵是中國未來的希望之一。

本書就是作者的成長史和覺醒史。他讓大家了解，如果不是「造反有理」的腥風血雨，如果未經刼後餘生的長夜思考，自由之路對他仍然遙遠。那麼，替他的決心舖路的，不正是發動文革的毛澤東嗎？今天中共自已也承認，十年文革是一場浩刼，毛澤東要爲這個錯誤負責。這對於倡言「一萬年太久，只爭朝夕」的獨裁者來說，不啻一記死有餘痛的耳光。朝夕朝夕，朝不保夕。他的妻，他的子，拜他之賜而浮起的形形色色，如今何在？

「爲了十九世紀的罪惡，產生了共產主義；時至今日，共產主義已成爲二十世紀最大的罪惡。」本書作者眞實反映了共產黨的面貌，因此各章充滿了彼等罪惡的表情，尤其是凶殘和欺騙這兩種。有興趣的讀者，可拿「反修樓」來比照本書所述的紅色恐怖，又可拿陳若曦女士所寫「尼克森的記者團」，來對讀本書的類似一章。凡此都可證明，作者的筆墨出諸良心。事實上，除了共產黨本身的作爲，誰能任意增添其罪惡的色彩呢？

在報導文革的書籍中，「脚印」的起步不算晚，可是今天它又邁出了新步。新的封面，新的排印，帶給讀者新的喜悅。作者在自由天地裏收獲了無數個知音的友誼，似乎他在當年業已知曉，只要啓程，必有無數個脚印在此岸相迎，然後與他同行。

六十九年十月　幼獅文藝

胡秋原先生的「文學藝術論集」

民國六十八年五月，中華雜誌編委會提出了胡秋原先生「文章類編」的計畫。按此計畫，胡先生除已出版的多種專書外，將再整理二十六種出版。同年十一月，其中第一種「文學藝術論集」正式推出。這部一千三百餘頁分裝二册的巨著，值得所有愛好文藝理論的朋友們重視。

胡先生以史學的成就著稱於世，其實他於學無所不涉，是「一事不知，儒者之恥」的終身服膺者。他的各種學問中，以文學批評的表現最早，也最爲共產黨的新文學史書所嫉恨。本書收錄了他從民國十七年以來的有關論文，蔚爲百萬字的大觀。民國十七年是三十年代的前夕，胡先生其時尚未弱冠。

本書分爲三大部分。第一部分主要是自由文學論，包括樸列汗諾夫藝術理論的評介、對左翼作家文藝理論的批判等。由於胡先生另有「少作收殘集」專書，所以本書未錄他當時所寫的「文藝起源論」、「黑格爾藝術哲學」、「馬克斯主義所見的歌德」、「勿侵略文藝」、「是誰爲虎作倀」、「錢杏邨理論之清算」等文。對三十年代文藝論戰有興趣的朋友，宜參看那本「少作收殘集」。

胡先生是衆所周知的民族主義者，也是老牌的自由主義者。民國二十年九一八事變以前，他已寫就七十餘萬字的樸列汗諾夫藝術論（本書僅選錄其中十餘萬字，否則全書字數何止百萬）。樸列汗諾夫是俄國馬克思主義之父，晚年反對列寧，並批判似是而非的唯物論，其理論始終是俄共「文藝政策」之障礙。九一八事變後，胡先生放棄了在日本的學業，停留上海撰稿編刊物，在政治上主張抗日，在思想上主張自由，後者與「穿制服的作家們」衝突，爆發過一場著名的文藝自由論戰。而他當時攻守的武器，主要來自樸列汗諾夫。

胡先生當年對左翼作家的批判，要點可由本書所錄「浪費的論爭」中見之。他強調文學創作必出於自由心靈，沒有自由便無文學；文藝所以可貴，在能預見而深入，看到較遠的境界，因此不言革命而自然革命；以人道愛而生靈感，因此不言階級而自然為不幸者鳴不平。當時魯迅已「由白轉紅」，胡先生卻指出，魯迅的作品不見得就是嚴格的無產階級文學。此語當是就魯迅加入「左聯」前的創作而言，魯迅後來自苦「醬在無聊的糾紛中」，還勸蕭軍不要加入「左聯」，都不啻印證了胡先生卓然不羣立場的正確。

胡先生主張文藝自由，因此反對所謂文藝政策。文藝而有政策，始於史達林獨裁以後；這個政策的擴張，造成「中國左翼作家聯盟」的奉命成立。去年「左聯」成立五十週年的紀念會上，周揚也承認此項國際背景，這說明了共產黨不論中俄，皆視文藝為政治的奴傭。胡先生在為本書選錄樸列汗諾夫的藝術論後指出：「自從史達林的文藝政策以後，不知坑陷害了多少作家。而自從毛澤東倣效蘇俄的文藝政策後，更是日益公然焚書坑儒。此毒害之深廣還是我寫該書時意料不及的，而這也是我不贊成自由中國有人主張文藝政策的原因。」

由此使我想起了梁實秋先生的類似觀點。梁先生在三十年代前夕與魯迅論戰時，也表示文藝政策根本是無益和不必要的。他明白指出，「文藝」而可以有「政策」，本身就是一個名辭上的矛盾。「俄國共產黨頒布的文藝政策，裏面並沒有什麼理論的根據，只是幾種卑下的心理之顯明表現而已：一種是暴虐，以政治的手段來剝削作者的思想自由；一種是愚蠢，以政治的手段來求文藝的清一色」。梁先生與胡先生的文學觀平時固有出入，但在反對政治控制文學、強調創作自由上則一。

史達林還說過一句話：「作家是人類靈魂的工程師。」這與其說是對作家的拉攏，不如說是訓令。共產黨深知欲「改造」世界，必先「改造」人心，作家就得奉命執行這項「洗腦」的任務，這是史達林說話的原意。最近我屢在臺灣的報刊上見到引用此語，且一片溢美稱頌之詞，實感啼笑皆非。在此忍不住順便提及，敢爲提醒。

本書第二部分主要是民族文學論。胡先生特別在「前記」中指出，此處民族文學是國民文學之意，與三十年代他曾批評過的一派名同實異。

這部分的文章寫於抗戰後期，其時毛澤東已發表「在延安文藝座談會上的講話」，企圖重新鼓動左翼作家，在民族保衞戰中宣傳階級鬬爭。胡先生指出，「新民主主義」與「工農兵文學」是矛盾的，出於同一人——毛澤東之口，也就都是詐欺的。胡先生在「民族文學論」中的幾篇文章，即針對此一情況而寫。他還對左翼作家彼時提倡的中文羅馬化、拉丁化之說予以駁斥，認爲當務之急是創造統一的標準國語文。這種見解業已禁得起時間的考驗，中共今天仍無法以羅馬拼音來消滅方塊字，即爲一例證。

胡先生當時還提到新詩的看法，在四十年後的今天仍值得我們參考：「新詩有前途，不過現在的狀況需要重新出發。唯其詩是一種最高的藝術，新詩人宜乎謹愼將事，否則將愈使人懷疑新詩，而安於舊體。至於音韻爲詩之必備要素，中國之平仄，等於西詩之輕重音，我想，是不應該成問題的。」近年來臺灣新詩人的「重新出發」和重視音韻，可謂暗合了胡先生當年的呼籲。

本書第三部分又可分爲六組，代表了胡先生近三十年來的文藝觀。胡先生自謂大陸淪陷後與文藝更疏遠了，可是仍有七十萬字的理論成果出現在本書內，實爲構成本書的最大部分。

其中第一組探討文藝與美學的本質和作用。胡先生強調，他以新的科學支持中國美學「充內形外之謂美」的學說，使美的概念既是客觀的，也是主觀的；不僅是感官的，而且是情緒的、思想的；不僅是直觀的，而且是預期的。談到藝術與道德、社會的關係時，胡先生說得好：「藝術不是道德的說教，然藝術不能反道德。藝術可以對社會反抗，那一定是這社會確有弱點，所以藝術的反抗，正是愛護這個社會。但到了破壞社會的時候，他早已不是藝術了。沒有較大較高的靈魂，根本不會有藝術。」胡先生謙稱這不過是藝術之ABC，然而如何掌握其分際，仍是藝術工作者極重要的課題。

第二組評論但丁、達文奇、莎士比亞、愛略特、畢加索、川端康成等作家和畫家。胡先生從思想的觀點來看川端的作品，指其眼界與境界不能謂之高廣，在結構上也嫌鬆懈，然其特色正是「美麗」與「悲哀」，因此受到歡迎。這種見解深得我心。談到川端的自殺時，胡先生說是對日本的社會絕望所致。「今日中國民族的許多墮落，也許是使人絕望的。然中國人民之苦難，應使有良心者不忍絕望。而中國民族的種種美德，也還沒有凘滅。中國無疑有比日本更深厚的文學傳統。如果我們還沒有絕大的作品之出現，也許是由於我們的作家對自己的文學，對自己的同胞之愛心太少，對外國事物之崇拜過多罷」。面對這樣懇切的長者之言，我們能不警醒麼？

第三組評介俄國現代文學，包括對辛雅夫斯基、丹尼爾、塔西斯、索忍尼辛等作家的介紹與聲援。如胡先生所說，新文學運動後影響中國文學界最大的是俄國文學，這可能是因中國人飽受苦難，較易欣賞那種「血淚文學的同羣」。由對沙俄文學的愛好，也就容易轉移到對初期蘇俄文學的愛好，此與馬列主義合作，抓住了中國青年。然胡先生特別指出，這絕非沙俄文學之過，索忍尼辛等人正繼承了沙俄文學的傳統。「這種文學無論傳達到大陸或流傳於自由中國，都可以對共產主義發生抗毒解毒和免疫的作用」。今天臺灣除有索忍尼辛作品的大部分中譯外，也不乏沙俄小說的流傳，實爲明智之舉。

第四組評介三十年代以來的中國大陸抗暴文學，包括「三十年代文藝眞相」、「關於一九三二年文藝自由論辯」、「悼胡風先生——賀胡風生回」、「談老舍之死並告三十年代虎口餘生的朋友們」、「由周揚復出後講話論中共之無望」等。胡先生指出，「文化大革命」所以要對三十年代文藝作戰，是因爲三十年代文藝至少包含了兩個重要的傳統：文藝自由論辯和魯迅的文章。前者是胡先生迫使共產黨在文化戰線上退卻之一役，以後不斷在中共內部發生巨大影響力。後者可以「新五四運動」時期流傳大陸的詩爲旁證：「魯迅今日若不死，天安門前等殺頭！」胡先生對大陸新一代如魏京生等人所發動的爭自由波浪，深致信心，認爲預報了八十年代文藝自由的大放光明，所以他說：「已見青年鳴破曉，且揩淚眼望神州。」

第五組評介老莊、杜甫、韓愈、吳承恩、郁達夫、于右任等人的詩文。胡先生在談郁達夫時，有如下的蓋棺之論：「達夫生於醇酒婦人，死爲愛國烈士，可謂終成正果。有此天南血跡，遂亦使其文字無論瑕瑜，並皆有光。一代文人同大運，獨留碧血證孤忠。」近年來研究郁達夫者日衆，新發掘的史料更證明了胡先生所言之正確。

第六組的論文在臺灣尤具影響力，包括「論楊逵先生及其作品」、「陳若曦女士的尹縣長」、「談人性與鄉土之類」、「中國人立場之復歸」等。最後一文說明了胡先生五十多年來文藝思想之一貫，即提倡自由的、人道的、民族的文學，以此重建中華民族的團結與尊嚴，在發揚同胞愛中實現中國的再統一。這種「文字收功、利我國族」的盼望，正是胡先生畢生心願之所在，令我由衷感動，崇敬不已。

七十年三月　書評書目

傳新一脈在筆鋒

——瘂弦先生的「中國新詩研究」

一、在台灣開風氣之先

瘂弦先生以創作和編輯的成就名世，但多年來還致力一項要務，即研究中國的新詩。民國七十年初，他將有關文字結集出版，了卻長期注視此專題如我者的一個心願。

中國新文學史上的第一組詩作，發表於四卷一號的「新青年」雜誌上，作者同時包括胡適、沈尹默和劉半農三位，時爲民國七年一月，與第一篇小說——魯迅的「狂人日記」相較，還早四個月問世。但六十多年來，新詩的讀者在人數上似不及小說遠甚，評論新詩的文字相形之下，也就益顯寂寞了。余光中先生的詩集常能再版，但他審度文壇全貌之後，也只能提出新詩「小眾化」的寄望。由此可以想見，瘂弦先生從事此類研究時，難免感到「與世相遺」，尤其在初發表論文的民國五十年代。

好在功不唐捐。「中國新詩研究」的出版，使我想起了佛洛斯特的名句：「林間有兩條路，我選擇了人跡罕至的一條。於是，一切的景色迥異。」瘂弦先生當年走的是人跡罕至的路，而且一路上百廢待學，經過他辛勤整理，如今景色已大別於前。在臺灣他是這條道路的先驅者，將來任何人撰寫中國現代文學批評史，都不能無視本書。

是什麼心情鼓動他獻力於此？本書的自序說得好：「當時我之所以從事這項工作，主要是覺得，由於戰亂，使中國新文學的傳統產生了前所未有的斷層現象；尤其是政府播遷臺灣以後，三、四十年代作家的作品與資料極爲稀少，年輕的一代，對那個時代的詩作幾乎沒有任何的認識，這對我們承繼、發揚與創新文學傳統的使命而言，並不是件有利的事。」

由此或可說明，瘂弦先生和葉維廉先生等一樣，不贊成斬斷與三十年代的血緣，至少在詩作方面是如此。事實上，三、四十年代的佳作對他們早期的詩風都頗有影響，而且不無受益之感。自序接着表示：「因此我以爲有把自已多年的珍藏公諸同好的必要；而對於淪陷在大陸的作家，也希望能藉這番鉤沉的工作，彰顯他們的文學業績，並秉致我的懷念與同情。」

瘂弦先生早年卒業於軍校，又服務於軍旅，這樣的出身不免被視爲保守。其實不然，我們可從他的這段話，看到一顆通達寬廣的心：「何況，在這些作家中，除了少數與中共沆瀣一氣外，其他的可以說都與政治沒有什麼關係；在文學上以人廢言尚期不可，遑論『以地廢言』？若以作家身處大陸，而有意抹煞他們的一切，無論拿甚麼尺度來衡量，都是說不通的。」

此言甚善，值得我們處理有關問題時參考。但共產黨看到這段話且莫高興，在以人廢言、以地廢言方面，共產黨是一個大巫。「身處臺灣」的作家如梁實秋先生，因爲反對強調文學的階級性，就被毛澤東及其手下狠毒辱駡了幾十年。他們推崇魯迅，卻忘了魯迅說過的那句話：「辱駡和恐嚇不是戰鬪。」由此我們也更需警惕，讓「以政治廢文學」的作風獨歸共產黨，吾不取焉。

「我進行這項工作的那個年代，幾乎所有來自大陸的東西都成爲禁忌，某些人囿限於偏狹觀點與對民國以來的詩壇缺乏通盤的了解，並沒有瞭解到這項工作的意義。近年來，由於中共權力結構的改變，大陸眞相逐漸透露，作家的生活與受迫害的情形，也爲世人所知悉；而我早在十五年前從事的工作，如今也於無形中獲得了大家的瞭解。」瘂弦先生這段回顧與感想，抒發了柳暗花明後的欣慰。積十五年辛苦寫一本書，兩百五十頁的字裏行間，充分透見作者向古人與來者交代了良心，表現了客觀執中的精神。大陸的新文學史家讀到本書，誰能不覺汗顏？

二、現代詩的省思

本書共分三輯，包括詩論、早期詩人論和史料。「詩論」中有兩篇文章，一爲「現代詩的省思」，爲作者主編「當代中國新文學大系」「詩選」的導言，對於一甲子的新詩運動，予以深入的回顧與評析。

新文學運動改革的重點，誠如他指出，是詩與戲劇。當時對舊戲批判最力的，是傅斯年等先生。在「戲劇改良各面觀」中，傅先生認爲中國戲劇的觀念，是和現代生活根本矛盾的，使得受其感化的社會，無法適應現代生活；中國戲劇既然這樣「下等」，所以改革自爲必要。類此「離經叛道」的言論，出現在論詩時更多，說明了「五四」人物不論後來的政治立場如何，當時都對國事和文藝愛深責切。

新詩則被瘂弦先生視爲「五四」運動的尖兵，形成文學革命裏成就最大的環節。假如我們將文學革命的期限，界定在胡適與梅光迪、陳獨秀論詩以後，中經五四運動，直到創造社轉向以前，則此說不致引起太大的爭議。小說的全面勃興，應屬後來居上。本書作者惋惜，新詩起步尚穩、正待發展之際，左風吹入了中國，造成吶喊上昇，詩藝退落，以及詩人心力的巨大浪費。我們由此感到，臺灣的青年詩人們其生也晚，避免身歷此一悲劇，能以冷靜的眼光看這段文學史，寧非幸運的事？

「現代詩的省思」中，對近三十年的臺灣詩壇着墨較多。作者以「輝煌燦爛」四字，形容中國新詩的臺灣時期，認爲這種純詩的作風，隱然與二十年代初期的穩健文學思想遙相呼應，中國新詩的命脈，得以在東海之濱保存而發展。「沒有了臺灣詩壇三十年的建設，整個中華民族廿世紀的詩眞會陷入無底無涯的深淵」——「深淵」的作者如是說。

詩論中的另一篇文章，是「現代詩短札」，可謂本書中一個異數，它是作者二十多歲時讀詩與思考的記錄，其時現代主義風行，不少詩人沐於歐風美雨，對中國新詩的創作方向不免矯枉過正，本書作者現在也有「少作過時」的自謙，但他仍然保留此文，以存其眞。

短札裏談論中國新詩運動的文字不多，但涉及的部分則與全書的題旨相合。作者認爲詩究竟不是一面戰旗，所以視徐志摩等人滙成的詩流爲純正，視「左聯」成立後的政治狂熱爲邪道。事實上，徐志摩生前就深爲當時文壇的紛亂弊偏而憂。民國十七年三月「新月」雜誌創刊時，他發表了「新月的態度」一文，指出當時一切價值標準顚倒，思想市場上行業繁多，令人感到無政府的凌亂，此和「健康與尊嚴」的原則不符，也不是一個活力磅礴的文化社會之正象。他相信純正思想是人生改造的首需，因此呼籲「創造的理想主義」時代來臨。

其時「左聯」尙未成立，但左翼作家們以爲徐志摩存心揭短，於是羣起圍攻，徐志摩幾乎和梁實秋先生一樣，長期受到共產黨的醜化，直到最近幾年，他在大陸上的評價才稍得好轉。若以朱自清所獲「民主戰士」的封號相比，兩者差別之大，實出自由世界的意料。至於梁實秋先生，因曾和魯迅直接論辯，所以「罪大惡極」，就被永遠抹黑了。共產黨對作家的評價，悉按本身的政治利益來決定，此爲其所不諱言。

三、廢名、何其芳、臧克家

本書的第二部分「早期詩人論」，實爲構成全書的主力。作者在此論述了十一位詩家：廢名、朱湘、王獨淸、孫大雨、辛笛、綠原、李金髮、劉半農、戴望舒、劉大白、康白情。

作者搜集各家原作甚勤，我們套句日本明治維新時的術語，可稱「求資料於世界」。天涯訪書的結果，他已編出「朱湘文選」、「戴望舒卷」、「劉半農卷」、「劉半農文選」等，本書的讀者可以覆按。此處十一篇討論文字，是照作者撰稿的時序排列，將來本書再版，似宜改照各家發表詩作的先後排列，並儘可能予以增寫，俾便讀者了解早期詩人的全貌。此外，每篇文字之後，若能附錄各家的代表作若干首，以利讀者參閱，則更是再版前值得考慮的事。

作者在介紹「禪趣詩人廢名」時，舉其和何其芳、卞之琳、李廣田等人，爲三十年代重要詩人的代表。廢名原名馮文炳，一九〇一年生於湖北黃梅，北大英文系畢業，出版過詩選「水邊」。周作人曾說：「廢名在北大讀莎士比亞，讀哈代，轉過來讀本國的杜甫、李商隱、詩經、論語、老子、莊子，漸及佛經。」

廢名雅好道佛，使得作品「空山靈雨」起來，有些像許地山；瘂弦先生以「禪趣詩人」謂之，允稱貼切。其詩的另一特色是運用口語，「理髮店」中一些句子，本書作者形容爲「俗得可愛」，我現找出此詩供讀者欣賞：

理髮匠的胰子沫
同宇宙不相干
又好似魚相忘於江湖。
匠人手下的剃刀

想起人類的理解
劃得許多痕跡。
牆上下等的無線電開了，
是靈魂之吐沫。

作者在本文中推崇另三家：「何其芳的雋美深致，卞之琳的淺淡淳厚，李廣田的樸實親切，各擁有獨特風格而名重當時。」此三人正爲北大同學，曾經合出一本「漢園集」，何其芳的部分題爲「燕泥集」，寫一個落寞的少年，「心靈的眼睛向着天空，向着愛情，向着人間或者夢中的美完全張開地注視，彷彿拾得了一些溫柔的白色的小花朵，一些珍珠，一些不假人工的寶石」。凡此描述，果然雋美。我們現在欣賞他的「風沙日」最後一段，看看鄭愁予先生的詩是否得其神韻：

黃昏。我輕輕開了
我的燈，開了我的書，
開了我的記憶像錦匣。

抗戰爆發前後，何其芳的詩風隨着思想而改變，期望自己「從遼遠的溫柔的東西」，轉到「

大地的眞實」。他在四十年代出版了詩集「夜歌」，辛笛這樣評論該書：「文字是一洗他昔日所矜持的繁麗的嚴妝，然而在樸素平直裏依舊有他獨特的風華。調子儘管爽朗激越，卻仍舊有透明體似的柔和。」

四十年代以前的何其芳頗邀令譽，大陸變色後的何其芳卻如何？我們只消看他在「打倒四人幫，身心獲解放」以後，直到去世前後發表的新舊詩，即可見一斑。各詩的篇名如左：

①「獻給偉大的領袖毛主席」。

②「北京的早晨」。

③「我想起您，我們的司令員——懷念賀龍同志」。

④「憶昔——紀念『在延安文藝座談會上的講話』發表三十三週年」。

何其芳晚年爲當權派寫政治詩，淪入「歌德派」，令人惋惜不已，但該惋惜者所在多有，臧克家是另一例。本書作者在同文中說得很對：「時間畢竟是最公正的裁判者，當年顯赫一時的詩人如臧克家（著有『運河』等詩集）之流，在我們『晚輩』的眼中已逐漸失去了敬意，當星移物換灰塵落定，決定一個作家眞正價值的將永遠是作品的本身。」

臧克家現仍活着，他曾經「以生命去傾注的態度」寫詩，但三十多年來成爲口號詩人。四人幫被打倒以後，他就寫了一首「華主席題詞到會場」，歌頌華國鋒的「巨手」，並且說：

我把題詞寫在日記本上，
筆下有驚雷，眼前放紅光，
洶洶偉力千鈞重響……
偉大題詞照耀得天地寬廣，
偉大題詞把前景照亮，
我們心海起大浪，熱血滿胸膛，
我已經七十三歲，也要聽號召，任驅遣，筆作槍！

這樣的句子，使人想起郭沫若的類似名詩：「感謝華主席！感謝黨中央！」臧克家最近答覆海外人士詢問時，也承認自己「因爲年邁，未能深入生活，詩創作上，受到很大的限制」。假如他有機會重讀自己早年在「新詩片語」裏的這段話，或許更會觸目驚心：「詩裏容不得虛假，一點浮矯的情感，一個生硬的事實（沒深切透視過的）羼雜其中，明眼人會立刻給你個致命的挑剔。」我們認爲，即使無人挑剔，臧克家長夜沉思，能不爲虛假、浮矯、生硬的「老作」而自哀嗎？

四、朱湘、王獨清、孫大雨

前幾年，我在臺北商務印書館買到朱湘編譯的「番石榴集」，頗感書名的別致。朱湘是短命詩人，民國二十二年底投江自殺時，年僅而立。民國十四年二月，他曾寫了一首「葬我」，日後觀之，有些像是讖語：

葬我在荷花池內，
耳邊有水蚓拖聲，
在綠荷葉的燈上
螢火蟲時暗時明——

葬我在馬纓花下，
永作着芬芳的夢——
葬我在泰山之巔，
風聲嗚咽過孤松——

不然，就燒我成灰，
投入氾濫的春江，
與落花一同漂去
無人知道的地方。

論者常把朱湘的詩和新月派並論，瘂弦先生則認爲，朱湘獨創的那種「印象」風格，白描式的手法，少見於新月派的詩中，而流行於稍後的現代派裏；他更推許朱湘在開拓新詩的形式上，或是五四以來試驗最力的一人。落落寡合的朱湘假若有靈，必當感知音於數十年後。

王獨清曾爲創造社的中堅人物，後與同伴們分袂，引起左翼作家的不滿。民國十九年五月，「左聯」展開慶祝勞動節的活動，出版了一本特刊，裏面就有文章叫做「五一紀念中兩隻『狗的跳舞』——王獨清與梁實秋」，對其侮辱，一至於此。

王獨清寫詩時，曾把語句分開，用不齊的韻脚來表達「醉後斷續的，起伏的思想」。本書作者提到一首「我從 Café 中出來」，此詩的描述類似郁達夫的小說「沉淪」，不過更表現出人物的無力感，是浪漫與頹廢的交織品，詩的後半部是：

我從 Café 中出來，
在帶着醉，
無言地
獨走，
我底心內，
感着一種，要失了故國的

浪人底哀愁……

啊，冷靜的街衢，

黃昏，細雨。

孫大雨身後寂寞，瘂弦先生在本書中不詳其年歲等，但極推崇其長詩「自己的寫照」，認爲卽徐志摩也無法抗衡。據海外資料透露，孫大雨出生於一九〇五年，清華大學畢業，民國十五年留美，返國後在武漢、北大等校任教。他的短詩受到英詩的影響，下面這首十四行的「老話」，溫婉有情，一氣呵成：

自從我披了一襲青雲，憑靠在

渺茫間，頭戴一頂光華的軒冕，

四下裏拜伏着千峯默默的層巒，

不知經過了多少年，你們這下界，

才開始在我脚下盤旋往來，——

自從那時候，我便在這地角天邊，

蘸着日夜的頹波，襟角當花箋，

起草造化的典墳，生命的記載，
（登記你們萬衆人童年底破曉，
少壯底有爲直到成功而歌舞：
也登記失望怎樣推出了陰雲，
痛苦便下一陣秋霖來嘲弄，）到今朝
其餘的記載已經逐漸模糊，
只剩星斗滿天還記着戀愛的光明。

五、辛笛、綠原、李金髮

去年底，辛笛出席了在香港舉行的「中國現代文學研討會」，並發表「從三十年代談四十年代、上海新詩風貌」的論文；余光中先生也在會中發表「試爲辛笛看手相」一文，賞析他的「手掌集」，辛笛之名因此又外溢了。

余光中認爲，這本詩集頗能綜合西洋詩和中國詩的精神，有些作品讀來像詞或絕句，意象獨創，但辛笛早年的詩不免晦澀，後期又太直露，未能調和，有些可惜。這樣的批評，可謂「執兩而用中」，嚴謹中不失公平。我們可從「熊山一日遊」的後半部，讀出辛笛詩的優點：

野棠花落無人問
時間在松針上棲止
白雲隨意舒卷
我但願長有這一刻的餘閑
可是給憂患叫破了的心
今已不能　今已不能

三十年來，辛笛在大陸上顯然飽經憂患，瘂弦先生在本書中就曾躭心過他的生命。前兩年他刼後餘生，寫過一首「九月，田野的風」，顯現對毛澤東的厭棄。詩中說：

九月，田野的風，
吹走了救世主頭上的七彩神光
我們如今過的蜜甜的日子
本來不就是人民創造出來的天堂？

此詩把大陸人民和毛澤東之間劃一界限，表現出讀書人的骨氣，令我想起他早年的「夜讀書記」自序：「世亂民貧，革命砍頭，書生彷彿百無一用，但若真能守缺抱殘，耐得住人間寂寞的情懷，仍自須有一種堅朗的信念，即是對於宇宙間新理想新事物和不變的永恆常存一種飢渴的嚮往。人類的進步，完全倚仗一盞眞理的燈光指引；我們耽愛讀書的人也正在同一的燈光下誦讀我們的書。」但願辛笛能夠永遠循着眞理的燈光，爲自己和讀者們立命。

緣原和辛笛不約而同，歷刼歸來之後，前兩年發表了一首「重讀『聖經』」，本詩的副題寫明：「牛棚」詩抄第n篇。他以回顧的心情，比喻毛澤東像所羅門一樣，「可惜到頭來難免老年癡呆症」，並指出被共產黨打入牛棚者的精神寄托所在：

今天，耶穌不止釘一回十字架，
今天，彼拉多決不會爲耶穌講情，
今天，馬麗婭・馬格黛蓮注定永遠蒙羞，
今天，猶大決不會想到自盡。
這時「牛棚」萬籟俱寂，
四周起伏着難友們的鼾聲。
桌上是寫不完的檢查和交代，
明天是搞不完的批判和鬪爭。
「到了這裏一切希望都要放棄。」

無論如何，人貴有一點精神。

我始終信奉無神論：

對我開恩的上帝——只能是人民。

五十年代，大陸爆發胡風事件，綠原成爲「胡風反革命集團的骨幹之一」，被中共逮捕迫害，直到二十多年後，我們才聽到他未死的消息。綠原出版過詩集「童話」，楊喚受其影響很深，瘂弦先生表示：「每一個人都有自己的師承，世界從未出現一個沒有臍帶的嬰兒！」此語頗具雄辯的力量。我很同意他這樣的意見：如果楊喚不英年殞命，我們不妨試想一下，三十五歲或四十五歲的楊喚作品中，會不會還有綠原的影子？有人說大詩人的條件之一是長壽——至少不早夭，良有以也。讓我們重溫幾句綠原的「童話」：

小時候

我不認識字

媽媽就是圖書館

我讀着媽媽——

……

李金髮前幾年在美國病逝，我曾讀過他的散文集「飄零閒筆」，是在臺北出版的。李是中國新詩壇第一位象徵主義者，詩和名字都頗怪特，瘂弦先生認為其作品枯澀、貧瘠、形式簡陋，但對現代派有催生的作用，可以肯定他在藝術上的前衞性。下面這首「棄婦」的後半部，讀來倒不難理解，或許可視為例外吧：

棄婦之隱憂堆積在動作上，
夕陽之火不能把時間之煩悶
化成灰燼，從煙突裏飛去，
長染在遊鴉之羽，
將同棲止於海嘯之石上，
靜聽舟子之歌。

衰老的裙裾發出哀吟，
徜徉在邱墓之側，
永無熱淚
點滴在草地
為世界之裝飾。

六、劉半農、戴望舒、劉大白、康白情

劉半農以「教我如何不想他」的歌詞聞名全國，這說明了詩詞譜曲所產生的力量。他的第一首詩是「相隔一層紙」：

屋子裏攏著爐火，
老爺吩咐開窗買水果，
說「天氣不冷火太熱，
別任它烤壞了我。」
屋子外躺着一個叫化子，
咬緊了牙齒對着北風喊「要死」！
可憐屋外與屋內，
相隔只有一層薄紙！

本詩是杜甫「朱門酒肉臭，路有凍死骨」的現代版。類此，劉大白的「賣布謠」指出苛吏擾民：「沒錢完捐，奪布充公。奪布猶可，押人太凶。」徐志摩的「叫化活該」，也以反諷之筆爲貧民一吐辛酸，說明了早期的新詩人不論出身，無不關懷當時民生之多艱。

黃南翔先生認爲，本詩較胡適、沈尹默同時發表的詩作爲佳，在形式上擺脫了舊詩詞的影響，純然以白話入詩，所以他和艾青一樣，選其爲中國新文學史上的第一首新詩。這種論斷，自與寫作的時序無關，因本詩寫於民國六年十月，而胡適的「嘗試」作品始於民國五年七月。瘂弦先生則指出，本詩病在過於簡單透明，也就是周作人所說的缺乏「餘香與迴味」，所以是一首次等之作，「不過它誕生的時間實在太早，不宜用太嚴格的尺度來衡量它」。這種不同的評價，只能說是見仁見智了。

戴望舒早年以「雨巷」等詩傾倒一時，他認爲詩是以眞實爲本，再經過想像而產生的，「不單是眞實，也不單是想像」，又說：「詩是一種吞吞吐吐的東西，動機在表現自己跟隱藏自己之間。」法國象徵詩派的節奏表現手法，使他感到詩的韻律不在字句，而在情緒的抑揚頓挫上。「雨巷」寫成之後，他就對詩的「音樂成分」加以否定了。

民國三十年間，戴望舒在香港被日軍逮捕，寫了「獄中題壁」等詩，風格迥異於前，後來結集爲「災難的歲月」。瘂弦先生譽此詩集包含了「戴望舒一生中最成熟最有價值的作品」，這是否說明，許多抗戰文學的藝術價值不低，値得我們重新認識、評估呢？「我用殘損的手掌」一詩，該是此集裏的代表作：

我用殘損的手掌

摸索這廣大的土地：
這一角已變成灰燼，
那一角只是血和泥；
那一片湖該是我的家鄉
（春天，提上繁花如錦障，
嫩柳枝折斷有奇異的芬芳，）
我觸到荇藻和水的微涼；
這長白山的雪峯冷到徹骨，
這黃河的水夾泥沙在指間滑出；
江南的水田，你當年新生的禾草，
是那麼細，那麼軟……現在只有蓬蒿；
嶺南的荔枝花寂寞地憔悴，
盡那邊，我蘸着南海沒有漁船的苦水……
無形的手掌掠過無限的江山
手指沾了血和灰，手掌黏了陰暗
只有那遼遠的一角依然完整，

溫暖，明朗，堅固而蓬勃生春。
在那上面，我用殘損的手掌輕撫，
像戀人的柔髮，嬰孩手中乳。
我把全部的力量運在手掌，
貼在上面，寄與愛和一切希望，
因爲只有那裏是太陽，是春，
將驅逐陰暗，帶來甦生，
因爲只有那裏我們不像牲口一樣活
螻蟻一樣死，……那裏，永恆的中國！

戴望舒是杭州人，本詩中提到當時中國的半壁江山，從東北、華北、江南到華南，皆陷敵手，只有那遼遠的一角依然完整，代表了永恆的中國，誠如瘂弦先生指出，這是他遙念戰鬪重慶的感受。一九五七年大陸出版的「戴望舒詩選」，想未選載此詩，除非共產黨像歪曲抗戰史一樣，曲解了詩人愛國的原意。

劉大白融舊詩音節入白話，在中國新詩的過渡時期有其貢獻，但他對自己未能從舊詩詞中解放出來，則引以爲憾，瘂弦先生也以「蛹與蝶之間」形容他，並認爲其創作成就無法與劉半農等相比。雖然如此，他在取材、表達方面，卻有些像劉半農，「割麥過荒」一詩所述，就與「相隔一層紙」類似。劉大白批評自己寫詩「用筆太重，愛說盡，少含蓄」，這也與瘂弦先生對劉半農詩的評價相近。

我們細讀劉大白後期的詩，可知他不盡在舊詩詞的形式中掙扎，情詩「我願」即其一例：

我願把金剛石也似的心兒，
琢成一百單八粒念珠，
用柔韌得精金也似的情絲串着，
掛在你雪白的頸上，
垂到你火熱的胸前，
我知道你將用你底右手掐着。
當你一心念我的時候，
念一聲「我愛」，
掐一粒念珠；
纏綿不絕地念着，
循環不斷地掐着，

我知道你將往生於我心裏的淨土。

康白情早年的朝氣與理想，表現在「別少年中國」等詩中，該詩曾傳誦一時。待其留美歸來，不久卻投効四川軍閥劉湘，並嗜抽鴉片，結果消沉一生，瘂弦先生即以「芙蓉癖的怪客」形容他。

康白情也寫舊詩，但其新詩頗口語化，擺脫了舊詩詞的束縛，胡適先生說他的「江南」一詩，長處在於表現顏色，自由的實寫外景。該詩的片斷如下：

只是雪不大了，
顏色還染得鮮豔。
赭白的山，
油碧的水，
佛頭青的胡豆土。
橋兒擔着；
驢兒趕着；
藍襖兒穿着；
板橋兒給他們過着。

胡適先生自己的文字「一清如水」，所以對這樣的寫景已頗感滿意了。不過，康白情在理論上，倒是強調汰蕪存精才是藝術。民國九年他曾寫「新詩底我見」一文，認爲情濃方有好詩，而要培養感情，首須在大自然中活動，大自然不僅是催詩的妙藥，並且是詩料的製造廠。這種理論與實踐，使得有人說他以描寫自然的風物取勝。

瘂弦先生則大致和梁實秋先生一樣，對康白情詩集「草兒」中的諸多冗句等缺點，不表苟同。但是同樣評論「草兒」，瘂弦先生的文章寫在半世紀後，較能以文學發展史的眼光視之：

> 要知道，康白情的詩固然簡陋，但是千萬不可忘了，那個時代的整個詩壇都是簡陋的。如果沒有早期詩人的盲目摸索，勇於接受失敗的嘗試，中國新詩便不會從草創到壯大。沒有康白情，可能就沒有較後的「新月派」，就是有，也要遲上許多年。我們絕不可要求在康白情的時代出現徐志摩，也絕不可要求在徐志摩的時代出現卞之琳和王辛笛；沒有三十年代的卞之琳和四十年代的王辛笛，五十年代的鄭愁予便會姍姍來遲了，這就是我所謂的歷史感。

這段話，頗能印證本書扉頁對作者的形容：「筆鋒更帶傳薪一脈之感情，月旦褒貶，無不溫柔敦厚。」然而，梁實秋先生早在民國十一年，以嚴肅的態度強調演說詞不是詩、小說不是詩、記事文不是詩、格言不是詩等，以及再度肯定「汝果欲學詩，工夫在詩外」等觀念，現也仍然值得我們重視。畢竟，梁先生對「草兒」作者「情感太薄弱，想像太膚淺」的評論，正是康白情本人在理論上所見略同之處。如何使創作符合自己的理想，實待詩人以至所有作家們盡心努力。

七、中國新詩年表

本書的第三部分是「史料」。瘂弦先生對民國三十八年前的中國新詩書目，做了詳細的整理，將來可能會出專書，其中一部分成績，就是此處的「中國新詩年表」。年表指出，民國三十二年九月，重慶的商務印書館出版了羅家倫先生的詩集「疾風」，這是「新人生觀」的讀書們多未知悉的。

這份年表將主要事項、文學關係重要事項、政治社會上的重要事項等，分門別類，上下並列，使讀者一目了然，且可收互相印證的總體印象。舉民國九年爲例，「主要事項」列有：

一、二月，周無（太玄）發表「詩的將來」。

二、二月，宗白華發表「新詩略談」。

三、郭沫若與「學燈」編輯宗白華通信論詩。

四、三月，新文學第一本詩集，胡適的「嘗試集」由亞東圖書館出版。（增訂四版，由該書店於十一年十月出版）

五、三月，康白情發表「新詩的我見」。

六、八月，許德鄰編「分類白話詩選」，崇文書局出版。

七、十二月，俞平伯發表「做詩的一點經驗」。

「文學關係重要事項」列有：

一、一月，北京大學附設平民夜校。

二、二月，教育部通知全國學校採用「新式標點符號」。

三、四月，胡適、李大釗等於北京大學設立工讀互助團，實際由王光祈主持。

四、十一、十二月，新文學第一篇戲劇，田漢的「壞珴璘與薔薇」刊於「少年中國」。

五、十月，劉復、錢玄同、沈兼士等組織「歌謠研究會」。

六、十二月，「文學研究會」成立（發起人：周作人、朱希祖、耿濟之、鄭振鐸、瞿世英、王統照、沈雁冰、蔣百里、葉紹鈞、孫伏園、許地山）。

七、易順鼎（一八五八——）歿。

「政治、社會上之重要事項」列有：

一、一月，國際聯盟成立。

二、四月，日本出兵西伯利亞。

三、十二月，愛爾蘭共和國成立。

由此可知，與中國新詩有關的重要事項，不但提到出版詩集，而且列出單篇詩論，資料可謂詳盡。政治、社會上的重要事項則較簡，或因此書是「中國新詩研究」吧。此處文學關係重要事項中提及，田漢的「壞珴璘與薔薇」是新文學的「第一篇戲劇」，或易引起讀者懷疑，不過瘂弦先生在年表稍前指出，民國八年三月，胡適先生的「終身大事」發表於「新青年」，是新文學的「第一篇獨幕劇」，「獨幕劇」與「戲劇」，在此有別。

最後，我以挑剔的態度，試對本表做一些校對與補充，就教於瘂弦先生：

一、民國七年自殺的梁漱溟先生之父，本表排爲梁巨以，似應爲梁巨川。

二、民國十一年似還有一事，卽朱自清、周作人、俞平伯、徐玉諾、郭紹虞、葉紹鈞、劉延陵、鄭振鐸等，出版了新詩「雪朝」合集，出版者是上海商務印書館。

三、民國二十五年似還有一事，卽上海仿古書店出版了「現代新詩選」。

四、民國三十一年五月，有一事無法不記，卽毛澤東在延安文藝座談會上講話，強調文藝爲工農兵服務，其實是爲共產黨服務。這次講話和連接的文藝整風，對左翼作家影響甚大，包括詩人在內。

五、大陸變色後來臺的作家中，不少早已出版過新詩集，除本書提及的路易士（紀弦）外，王平陵先生民國二十年在上海出版過「獅子吼」；曾今可先生民國二十年出版過「愛的三部曲」，民國二十二年出版過「兩顆星」，另出版過「小鳥集」，出版者都是上海的「新時代」；葛賢寧先生民國二十二年出版過「海」，民國二十三年出版過「荒村」，出版者都是北平的「北新」。此外，張我軍先生在大陸期間，出版過「亂都之戀」，出版者是上海的「新文化」。凡此種種，都值得一記。

七十一年二月二十五日　中國論壇

悲愴大地

——包德甫先生的「苦海餘生」

「苦海餘生」這部書有許多數字上的巧合：除了前言和結語外，計達二十章；作者包德甫先生撰寫時，其研究中國問題和語言已二十年；本書是他擔任紐約時報駐北平特派員二十個月的見聞記錄。這一連串的「雙十」，構成「苦海餘生」眞確、深入、豐富的內容。

我讀「苦海餘生」時，想起了另外兩部相關著作：朱君逸先生的「大陸去來」，和莊因先生的「八千里路雲和月」。後二書以血濃於水的同胞感情取勝，「苦海餘生」則以質量並重見長。這三本書鼎足而立，可謂各擅勝場，大家也宜兼而讀之，參考印證。由於「苦海餘生」的中譯本在國內已可普見，本文不擬多做摘介，而願對書中的重要內容，補充說明其背景等。

一

本書不用平舖直敍的編年體，而採類似記事本末體，所以各章自成單元，各有重點，讀來較不吃力。作者在前言「虎口逃生」中，即以搭火車備受隔離談起，一開始就勾畫出「鐵幕」控制的一角，予人透不過氣之感。好在作者以其新聞記者的敏銳，趁機向站台上做熱身運動的一位老人搭訕，結果收穫良多。這位讀過哈佛醫學院的老者，半生經歷一如「苦戀」的男主角，不同的是他刼後尚保性命而已。誠如作者指出，大陸人民三十年來多數的時刻，都像這位醫生所受的創傷一樣，混合著殘暴、浪費與可怕的個人苦難。一個又一個政治運動所遺留下來的，只是普遍的人情冷漠與理想幻滅，共產主義早年的思想、方向與宗教式的狂熱，全都一去不返。難怪大陸上百廢待舉，而又百廢難舉，事事顯得「老大難」，人人顯得不帶勁。

老醫生談到了五十年代中期的鳴放運動，這是他噩運的開始，從此被打成右派，監禁勞改，歷時多年，接著又遭逢文化大革命，因而再度被捕，身心飽受摧殘。他的專業早被剝奪，先在採石場裏敲石塊，後挨木板抽打，同時行醫的太太則被罰清洗地板與厠所，這不是人才的反淘汰嗎？老醫生表示：「對我們每個人來說，革命已是明日黃花，所剩的只是譏諷，中國眞夠悲哀。」這種悲哀是誰造成的呢？

鳴放運動又稱雙百運動——「百家爭鳴，百花齊放」。一九五五年底，中共發動了「肅反」運動，被侮辱與被損害的知識分子多達一百四十萬名。次年五月，毛澤東提出了旨在安撫的「百花齊放、百家爭鳴」口號。一九五七年二月，他又重彈此調，以求「正確處理人民內部矛盾問題」。同年五月一日，中共正式公布「關於整風運動的指示」，要大家以「鳴放」來幫助共產黨進行一次反官僚、反宗派、反主觀主義的整風。中共強調「言者無罪，聞者足戒」，極盡廣開言路的表態。於是五、六月間，大陸各民主黨派、工商界人士、知識分子、青年學生，乃至共產黨員們爭取民主的運動，就以星火燎原之勢展開了。

鳴放時期，大陸各界的言論可謂波濤洶湧，像老醫生要求醫院應由專業管理，更換外行充任醫院黨書記的建議，實屬其中的輕微者。結果中共當局頗感惶悚，毛澤東形容當時的情形是「一時天暗地黑，日月無光」，幹部們也「睡不著覺，吃不下飯」。「高等教育部」副部長曾昭掄就表示，只要學生上街，和市民相結合，「匈牙利事件就會在北京爆發」。由此可見當時大陸各界反共情緒的高漲。

中共在驚恐之餘，開始變臉反撲。一九五七年六月上旬起，中共即展開「反右派」鬪爭來進行鎮壓，鳴放人士被指爲「魑魅魍魎，牛鬼蛇神」和「毒草」等，而遭清算鬪爭，或被迫坦白認罪。據中共自己的估計，右派人數多達六百萬之譜，力量不容忽視。

同年七月一日，毛澤東親撰人民日報的社論中，有如下的名句：「有人說，這是陰謀。我們說，這是陽謀。因爲事先告訴了敵人：牛鬼蛇神只有讓他們出籠，才好殲滅它們；毒草只有讓它們出土，才便於鋤掉。」這裏所謂「陽謀」，其實只是一個「事後孔明」的誇詞。毛澤東鼓勵鳴放的本意，在使知識分子等爲其所用，不料反共之聲遍傳，如排山倒海般指向中共無可藥救的弱點，而且直攻其心臟。毛澤東事後深感「作法自斃」的難堪，只有食言而肥，以「陽謀」自壯了。千百萬知識分子和任何敢言的人，都因此受到殘酷的打擊，老醫生僅爲其一而已。

二

本書作者曾經以爲，基於毛澤東對革命的承諾，中國大陸必然有很大的機動性，有很多機會讓人民出頭。但他身歷其境才發現，在許多地方，中國大陸比美國、日本或西歐，更保守並講求階級層次。大陸人民沒有擇業的自由，必須等待「國家」分配指定，一旦被派工作，轉業也極爲困難。「中國大陸的農民，可能比他們一九四九年以前的祖先，更少機會逃過終生辛勞的奴役生活，因爲共產黨訂有人民不得離鄉的嚴格限制」。

今天大陸的農村人口數逾八億，包德甫先生說他們比祖先更苦，這是沉痛的事實。梁漱溟先生早年在「中國文化要義」一書中指出，中國自古以來人民有「職業分途」的可能，因爲中國社會的構造分散而相當流動，與西方的集中而不免固定者相反，所以他認爲前者造成的職業分途，有別於後者產生的階級對立。如今，中共摧毀了這種可能，使得八億農民和前後數千萬的下放知識青年，一生一世甚至世世代代，都在永無休止地過著「修補地球」的日子。誠如唐德剛先生去年在臺北接受我訪問時表示，現代化的特徵之一就是都市化，中共歷年來卻一直驅趕都市青年下鄉，使得他們成爲農民的負擔。整體來說，都市也變成了農村的尾巴。這種政策正是「反現代化」，中共「四個現代化」遙遙無期，良有以也。

包德甫先生引述人民日報所說，從一九六六年到毛澤東去世的一九七六年，十年間有一億人受到政治迫害。大多數的名作家、音樂家、藝術家都鋃鐺入獄，或受迫停止一切創作。包先生還透露，「才氣橫溢的名作家老舍，就被一隊紅衞兵把頭捺在泥塘裏活生生的淹死了」。老舍曾被指爲自殺而死，中共就說過他是「自絕於人民」。本書是說明老舍死因的最新著作，不知中共能否提出辯解？

「偉大的文化大革命，眞是一場替文化送終的偉大革命」，飽受折磨的老作家廖沫沙如是形容。的確，文革對中國的禍害既深且鉅，但中共在打倒四人幫後的一大段時間內，卻絕口不提毛澤東與文革的關係。前年中共當權派提審林彪、江青「反革命集團」的首惡分子，我初讀起訴書所列的罪狀，見其特別強調林彪等謀害毛澤東，卽知此舉旨在爲暴君諱。及至江青在法庭上直言無隱，言必稱毛，中共無法掩蓋，加之本身的需要，終於正式在人民日報中，指出文革是毛澤東親自發動和領導的，他犯了錯誤，也給黨和人民帶來了大不幸。不過中共仍然表示，「這種錯誤同林彪、江青反革命集團的陰謀活動，在性質上是根本不同的」。

中共慣於說謊，但世人並非全然善忘。包德甫先生接觸過的每一位大陸人士，都無法對毛澤東和共產黨維持當年的崇拜，這就是因爲十年文革使大家看透了。現在我請讀者們回顧一下毛澤東在文革時的言行，看看他和林彪、江青等有何「根本不同」。

三

毛澤東發動文革的初意，在與劉少奇爭權。爲了拔劉的深根，必須從意識形態下手。一九六五年十一月，他指使姚文元批鬪吳晗的新編歷史劇「海瑞罷官」，正式揭開了文革的序幕。一九六六年二月，江靑接受林彪的委託，在上海召開了「部隊文藝工作座談會」。她於會後寫了一份「紀要」，經毛澤東三次親自審閱和修改才定稿，所謂「文藝黑線專政論」即由此提出。三十年代作家的悲慘命運，也由此全盤註定。

一九六六年上半年，毛在與劉的鬪爭中取得優勢。鬪彭眞、轟「三家村」和「燕山夜話」，指示成立「五七幹校」、貼大字報、組織紅衞兵、展開肉搏戰等，都於此時發生。同年八月十八日，北平擧行慶祝文革的羣衆大會，毛澤東首次穿軍裝會見紅衞兵。此後八十天內，毛在天安門共檢閱了紅衞兵八次，達一千一百萬人。紅衞兵在毛的指示下立即「破四舊」，造成恐怖和混亂。

同年十月二十五日，毛澤東在中央工作會議上明白表示：「五個月來的文化大革命，火是我放起來的。……你們過去只搞工業、農業，就是沒搞文化大革命。」前此，他於同年七月八日寫信給江靑說：「我們現在的任務就是要在全黨全國部分地打倒（不可能全部）右派，再過七、八年再來一次橫掃牛鬼蛇神的運動，爾後還要進行多次。」這封信遲至一九七二年九月才發表。事實證明，毛澤東想親自再度「橫掃牛鬼蛇神」的願望落空了。

一九六七年一月下旬，毛澤東寫信給林彪，要求共軍支持文革。林彪此時已獲毛江的抬愛，於是遵囑展開了「三支兩軍」（支左、支農、支工；軍管、軍訓）運動，從此軍隊介入了奪權鬪爭。同年五月八日，人民日報等發表了批劉的文字。三天後中共中央通知說，這是政治局常委擴大會議通過、毛澤東本人批准的重要文章，應深入展開對黨內最大一小撮走資派的批判運動。

同年八月三十一日，毛澤東在北平接見阿爾巴尼亞軍事代表團時表示：「這次文化大革命代價是很大的。雖然解決兩個階級、兩條道路的鬪爭，問題不是一二次、三四次文化革命所能解決的，但是這次文化大革命後起碼要鞏固它十五年，一個世紀搞二、三次。所以必須從挖修正主義根子着眼，增強隨時防修的能力。」事實再度證明，文革從發起到結束不過十年，如今落得中共新當權派對它「一無是處」的評價，這眞是毛澤東的最大悲哀。

一九六七年九月，毛澤東在「偉大的戰略部署」中說：「一年來，發生天翻地覆的變化，當然很混亂，這裏亂，那裏也亂，沒有什麼關係。……不要怕鬧，鬧得越大越好，七鬧八鬧，總會鬧出名堂來，可以鬧清，不管怎樣鬧都不要怕，越怕鬼越來。」這種「天下大亂，形勢大好」的毛式觀念，正是「一場浩刼」延續經年的推動力。

毛澤東的好鬪，還可從下面兩段話看出。同年稍早的二月三日，他對卡博、巴盧庫表示：「有人說，中國愛好和平，那是吹牛，其實中國就是好鬪，我就是一個。好鬪，出修正主義就不那麼容易了。」同年三月十九日，他又在軍以上幹部會議上說：「這次無產階級文化大革命是一場全國內戰，又是資產階級首先向我們宣戰，我們也向他們宣戰。」宣戰造成的萬骨枯，豈爲毛澤東所眷顧？

毛澤東嗜權如命。事實上，中共領袖如果失去了權力，也就等於失去了生命。毛澤東在對卡博談話時便說：「看來我這一套在中國不靈了，因為大中學校長期掌握在劉鄧陸手裏，我們進不去，毫無辦法。」這是毛將文革恐怖帶到教育界的原因，造成的犧牲則是整個大陸落後了一個世代。包德甫先生在本書中就舉出許多實例，說明大陸敎育水準的低降。

一九六八年七月二十八日，毛澤東接見「首都紅代會」的負責人聶元梓、譚厚蘭、韓愛晶、王大賓、蒯大富等，席間談到工人鎭壓紅衞兵，而黑手抓不出來時，毛澤東說：「黑手就是我嘛！」這是毛對紅衞兵先利用後迫害的自供。同年十月，中共於八屆十二中全會上宣布，劉少奇為「叛徒、內奸、工賊」，於是撤銷他一切職務，並將其永遠開除黨籍。至此，毛澤東發動文革的政治目的正式達成。

一九六九年四月，中共召開九全大會，由毛澤東主持，林彪在會中做政治報告，所謂毛澤東思想被突出，黨章中並明定林為接班人，這是他助毛倒劉所獲的報酬。一九七一年九月，林彪卻因「陰謀政變」失敗而死，毛的文革愛將們權力益盛。一九七六年九月，毛澤東終於死亡；十月，四人幫被捕，象徵文革的夢魘結束。一九八〇年十二月，江青在受審時表示，過去她執行的是以毛澤東為首的黨中央決議和指示。她又替文革辯護，說「造反有理」、「革命無罪」。

是的，凡此都在重播毛的話。毛澤東是文革的「最高領袖」，林彪和江青都是他親密的戰友，他的錯誤在性質上和林、江根本相同，而且更是元凶。中共當權派現在評價毛澤東時，說他「功大於過」，這是站在共產黨本身早期利益上看的，與廣大寃苦的中國人民恰恰站在相對立場。這種評價簡而言之，正是與民爲敵。包德甫先生身爲費正清的學生，卻也無法對毛澤東贊一詞，就是因爲他是大陸人民的朋友，而且他深入民間，反映了眞正的民意。

四

包德甫先生從一九七九年六月起派駐北平，其時大陸上的民主潮餘波蕩漾，他曾走訪「四五論壇」劉青的家，也和徐文立、路林晤談過，但始終未見魏京生。魏京生於稍早的三月二十九日被北京公安局逮捕，半年多以後，中共才以「洩露軍事情報」和「反革命煽動」的罪名，判他十五年重刑，以及「刑滿後剝奪政治權利三年」。

一九七九年三月二十五日，魏京生主編的「探索」雜誌出版號外，社論「要民主還是要新的獨裁」，指出鄧小平企圖把自己無力挽救大陸經濟和生產的責任，強加給民主運動，再一次拿人民做其政策失敗的替罪羔羊。四天以後，鄧小平親自下令逮捕了魏京生。

魏京生被判刑以後，引起舉世對中共的譴責，國際赦免組織也寫信給鄧小平，表示關切的抗議。其實早在一九七八年，該組織已出版了「中共的政治監禁」報告書，對中共違反人權的措施詳加說明，該書已由政大國際關係研究中心譯成中文。

近年來據海外消息透露，中共由於魏京生案大失人心，乃謀彌補，用軟硬兼施的方式，企圖逼魏京生在獄中認罪。但魏堅持眞理，不爲所動，中共無法，只好將他移押到大陸偏遠地區的監獄單獨囚禁，以免引人注目。

一九七九年十月魏京生受審時，包德甫先生站在法院門口，警衞不准外籍記者進入。他回到辦公室時，新華社的英語收報機已經準備好這次審判的全部資料。「這是破天荒第一遭，通常即使是一則小新聞，他們都要花上好幾小時，有時甚至好幾天，尤其是把中文譯成英文，多少都要花上幾小時，這一回通訊社的速度，不得不讓人懷疑審訊是事先排演過的」。雖然如此，魏京生在庭上還是堅不認罪，表現了「奇士不可殺」的精神。

三年前我在拜讀魏京生的文章後，有過如下的感想：

1. 他擊中了中共的要害。誠如在大陸被迫害達二十二年之久的丹尼爾•凱利先生說，共產黨最大的罪惡還不是殘暴，而是欺騙。我們都知道除非不談民主，否則就該承認它的原義是「人民治理」，也正是魏京生指出的「人民當家作主」。反之，「專政」則與「獨裁」同義。一個自稱「無產階級專政」——即工人階級獨裁的地區，在理論上，最多只能說是「一部分人當家作主」，根本就談不上一般共同認定的民主觀念。再讓我們來看中共的實際，今天大陸上所謂「無產階級專政」只是一個障眼法，事實上完全是共產黨專政，無產階級和其他人民一樣，未曾多享一些人權，魏京生本人就是無產階級！所以今天大陸上並非「無產階級專政」，而是中共在「專無產階級的政」，以及「專全體人民的政」。這樣一個政權，竟然還以「社會主義民主」做爲遮羞布，誰其能信？

2.他對平等的看法也與我們一致。魏京生體認到，「平等」是指「可能性的相同」，這與孫中山先生所說立足點的眞平等若合符節，而「平均」是指「結果上的相同」，也和孫先生所說齊頭式的假平等相若。中共表面尊崇孫先生，卻不允許大陸人民普遍閱讀三民主義，就是害怕其中的眞理會打倒馬列主義和毛思想。

3.絕對沒有什麼「鄧青天」。不少外國人在中共領袖裏較看好鄧小平，視他爲理性主義者。鄧爲了維持這份僞善的面貌，並圖以大字報爲有利於己的政爭工具，便曾對日本記者說：「我們沒有權利否定或批判羣衆發揚民主、貼大字報，這是憲法所允許的。」但當他的座位更穩，更多的大陸人民要求兌現「憲法」所賦予的自由時，鄧小平的眞貌就出現了。「二十世紀的巴斯底獄」一文告訴世人，曾舉著「向鄧青天呼冤」布條的上訪農民，他們的下場將會如何悲慘。

4.誰說中國大陸沒有索忍尼辛？過去只因中共比俄共的控制更嚴，手段更狠，所以外界不得而知。現在民主運動風起雲湧，證實了大陸上有無數的索忍尼辛，已從內部攻破了中共的部分堡壘，連「扛著紅旗」的掩飾也免了，這是何等的良知和勇氣。

以上是我三年前抒發的感想。後來中共索性取消了「憲法」臚列的若干公民權，例如運用大鳴、大放、大辯論、大字報的權利等。包德甫先生就目睹，盛極一時的北平民主牆，現在貼滿了機械用具的廣告。然而大陸人民追求民主的信念與行動就此結束了嗎？沒有。本書引述了李一哲的話：「我們是所謂『不畏虎』的年輕人，但也並非不知道虎的凶殘，甚至可以說我們是被那種動物吞噬過一回，但終於咬不住、吞不下去的餘生者。臉上留著爪痕，不是漂亮人物。」

包德甫先生指出，這段表白吐露了大陸上「所有中國人的心聲」。因此，本書對「中國的索忍尼辛」之定義，雖與我所說的不同，但大陸上確有無數「不畏虎」的鬪士，曾與包先生接觸過，並留名於民主運動的青史中。

五

曾任美國國家安全顧問的布里辛斯基，不久前回憶他的中國大陸之行，表示路過北平郊外時，沿途所見可用「人間地獄」來形容，這主要是指居民的住處而言。北平附近尚且如此，其餘各地更可想見了。包德甫先生在本書中也不止一次提到，大陸人民私下埋怨破敗的住宅，高漲的物價，教育和工作機會的受限，以及政治的干擾等。換言之，許多人感到在大陸上無法發展，前途太不可靠、太危險了。這種極度的不安全感，又是拜誰之賜呢？

包先生在本書的結論中，以及在接受臺北「天下」雜誌的訪談時，都指出當前中國大陸面臨最嚴重的問題有：

1. 人口問題。大陸人口實在太多，可耕地又不足。（我見最新的報導，此次大陸普查所得的統計，人口已逾十億。）

2.官僚主義。這較以往帝王時代猶有過之，高級幹部成了新貴族階級，反對改革。

3.青年絕望。大多數年輕人對大陸的經濟和政治都感失望，因此憤世嫉俗，不願努力工作。

今天大陸上的「問題成山，問題成堆」，是中共領導階層造成的，還是共產制度使然？包先生表示這很難分辨，「談到共產制度，就得談到那些共產黨員，制度是他們創造的。我認爲共產制度與共產黨是二者爲一的」。一套惡劣的制度，被一羣拙劣的人拿來實行，能不產生問題者幾希？

我越來越感到，人是爲解決問題而活的，如此人的理想才能落實，生命才有意義。然則中國大陸上的各項難題易解否？包先生的手上並沒有水晶球，但他以入乎其內又出乎其外的身分來觀察，認爲就整體而言，中國大陸仍將多災多難。「除非中共眞能放手，讓人民能自由發展，不再壓制人民的精力與才幹，那樣情況就會好轉。但是，我並不認爲他們眞會這樣」。包先生以此答覆「天下」之問。

「中國大陸仍將多災多難」，誰該負這個責任呢？本書最後說：「萍的故事總結了大陸過去三十年的悲劇，所有的希望、精力、才能、理想主義，都被誤導的政治熱情所消耗、毀滅無遺。現在就看中共能否嘗試贏回民衆的信心。」不得人心的中共是否能夠脫胎換骨、扭轉乾坤呢？我想起「小兵」對包先生說的話：「其實鄧小平和華國鋒，或者胡耀邦和毛澤東之間的鬪爭，都沒有什麼區別。他們都是獨裁主義者，他們不相信民主，只相信黨的領導權。他們和中國青年的思想脫節。」

我不知道名喚「萍」者在本書最後一行的陳述，是否適用於大陸上每一個人：「如果中國打開門，每個人都會走，都會去美國。」但我展望中共統治下的大陸前景時，不免想起了「釵頭鳳」裏的三個字：

「難、難、難！」

七十一年十月三十一日　近代中國

關於「中國左翼作家聯盟研究」

做爲中共策畫推動下容貌經常呈現淩厲的一個團體，「中國左翼作家聯盟」正式成立於一九三〇年三月二日，地點在上海。這個簡稱「左聯」的組織，中共賦予它的任務是多重性的：不但要繼承「創造社」、「太陽社」等未竟的革命文學運動，強化提高對敵思想的鬬爭，更圖鼓動宣傳，促成左翼陣營的擴大堅實，充爲共黨對當時國民政府文化攻勢的先鋒。

「左聯」在三十年代的中國文壇上，的確扮演了一個風暴中心的角色。它於成立綱領中，明揭「站在無產階級的解放鬬爭的戰線上，攻破一切反動的保守的要素」，並且毫不諱言「我們的藝術不能不呈獻給『勝利不然就死』的血腥的鬬爭」，顯示其好戰的本質。雖然如此，它卻以「左翼」自稱，可見是想掩飾「聯盟」的共產主義性質。魯迅從所謂「小資產階級意識」言猶在耳的被指責對象，不久就變爲成立大會的前排座客，亦說明了「左聯」文藝統一戰線的初步效果。此點即足以提醒吾人：「左聯」或整個共黨，固然勇於動武，也懂得權宜折衝。

本稿計分五章。第一章析述「左聯」以前的中國文壇，從文學革命到革命文學的經過。此處尤須指出的，是文學革命後成立的文學研究會和創造社等，標榜的寫實主義和浪漫主義，皆屬西方的產物，至革命文學的口號提出，則見反西方的普羅文學甚囂塵上。此項轉變，與第一次大戰後的世界潮流有關，倡者隨潮流而行，缺乏主見，致使「左聯」以前中國文壇的重心，由西方思想移到俄國思想。

第二章說明「左聯」誕生前後的種種光景。魯迅和茅盾由抗辯到加盟，主要是大勢所趨不甘孤立，從此紅色廟會平添兩支巨大的香火，魯迅也從「不准革命」的難堪轉獲「中國高爾基」的尊銜。「左聯」成立以後，無論議決或實際行動，都如其執行委員會所稱，是有一定而且一致的政治觀點，而非作家的自由組合。它的各種重要事蹟亦在在顯示，這是一個以文學爲名的政治附庸團體。

第三章專就「左聯」及其前身對外的論戰予以查考。筆者此處用墨較多，旨在拿事實做材料，還世間一些原貌。多年來共黨的新文學史書衆口鑠金，千篇一律的將其論敵醜化，卻極度欠缺理論的說服。有感於此，筆者根據各方原始文件，提潛鈎沉，盼能立信顯正。

第四章先敍「左聯」解散的背景，即抗日統一戰線的喧嚷。再述解散後爆發的兩個口號之爭，這項論戰因魯迅病死而暫時冷凍，雙方的嫌隙卻延長了三十年，方以遭遇強行蓋棺的刦運做爲收場。抗戰軍興以後，「左聯」人物擴散各處，毛澤東在延安先後發表的「新民主主義論」和文藝座談會上的講話，便是將三十年代的左翼作家重新集合與整訓，爲其所用。

第五章爲結論。先論魯迅，再依延安文藝講話以後、中共政權成立以後、文化大革命爆發以後——三個時序「左聯」人物的結局，說明「左聯」起沒在中國當代文化史上的意義，是各種悲劇的結集。他們爲中國前途的設計，是以「左」爲出路，故反現狀，不遺餘力的擁護建立「共產主義天堂」，結果醒悟事實不然，思想乃又陷於矛盾，最後導致壽命和思想同時提前告終，也算一代知識份子的如此結局，實爲民族生命力的浪費。自由人士苟得其情，固能哀矜而勿喜，彼等心感身歷，果能死而無悔麼？

本稿之作，一償筆者多年以來的宿願，卽探討三十年代文壇與國家命運的關係。中學時代，髮猶靑靑，常在巨大的聯考壓力下搶閱課外書籍，思索有關問題。大學時代，以一個法學院的學生而積書數千，多屬文學，時被視爲異端。兩年前考入政大東亞研究所，資料取用便利，眼界更寬，乃決定以此爲碩士論文題材。胡適先生嘗謂，治學要「勤」要「緩」，勤者，勤搜讀勤正誤；緩者，多醞釀緩操觚。筆者檢討個人的心路歷程，自覺於此二字約略近之，但以年輕學淺，見解必定不夠深入，尙祈前輩先生，不吝指敎。

本稿之作，幸蒙胡師秋原賜予指導，受益頗豐。初成之際，謹向愛我至深惠我良多的父母和師友，敬致衷心的感恩。

關於「大陸文藝論集」

收入本集的各篇文字，是我近年來撰寫有關專題的選樣。近年來我發表過十倍於此的篇章，今擇體例、字數相近者，聚在同一個封面下，敢請師友和讀者們斧正。

中共師承俄共的故技，視文藝爲政治的工具，三十年代如此，八十年代的今天，亦無實質上的不同。當權派自稱在打倒四人幫以後，文藝的春天已然來臨，「百花齊放」的政策也在貫徹。與此同時，卻又強調文藝要受馬列主義和毛思想的指導，要考慮「社會效果」，不能反映「社會主義社會的陰暗面」等。在重重的清規戒律下，實在難乎其爲大陸作家了。本集裏的多篇，即在探討四人幫以後的中共文藝，並比較半世紀來各時期的有關云爲，期能顯現其眞貌。

中共在魯迅百年誕辰時，曾經熱烈擧辦紀念活動，極盡推崇的表態，但卻諱言魯迅所說，文學永遠是批判現實，爲社會做不平之鳴的。這種「寧鳴而死，不默而生」的精神，表現在古今中外許多作家的身上，也被古今中外許多專制的政權所壓制，中共卽爲集大成者。但是作家不可盡辱，作品也無法盡焚，中共數十年來處理文藝問題不得善果，就是因爲一直想扭曲作家的良知，消滅表達的自由，而不記取古今中外迫害文藝者的教訓，所以始終心勞力絀。

十月革命後，盧那查爾斯基寫過一個劇本：「解放了的唐吉訶德」，其中重要的片斷曾爲本集所引述，値得在此強調，因爲它也像是大陸有良知良能的作家，對中共提出的嚴肅宣告：

——現在你們的監獄可裝滿了爲著政見而被監禁的人。你們的那些人，都在流著自己和別人的血。你們有的是死刑和正法。所以，我這個老武士不能夠不出來反對你們。因爲現在你們是強暴的人，而他們是被壓迫者了。

——我預先告訴你們：我只要看見有被壓迫者，凡是被你們壓迫的，就算是用一種新的正義名目來壓迫的，那我一定要幫助他們，就像以前幫助過你們一樣。

這種「我贊成你們，也反對你們」的態度，可從王實味以降的諸多大陸作家中看出，他們繼承了「不平則鳴」的中國文學傳統，也表現出「爲生民立命」的知識分子良心。相形之下，本集同時提到部分畏縮的靈魂，如「大陸作家在海外」一文中所述，就更令人失望了。大陸文壇的賢與不肖，也已爲本集所選樣。

本集的各篇文字，皆已發表，每篇文末註明的，即爲發表的年月。我要感謝張鎭邦老師的督促和指正，以及玄默先生對有關胡風問題的高見。大陸文藝可得而記的，自然不止於此，本集只是我的相關著作之一，它們勉可合稱爲一起步。我知道，今後的路還長；我期待，路上有良師益友們繼續指點。

滄海叢刊已刊行書目㈠

書名	作者	類別
中國學術思想史論叢(一)(二)(三)(四)(五)(六)(七)(八)	錢穆	國學
國父道德言論類輯	陳立夫	國父遺教
兩漢經學今古文平議	錢穆	國學
先秦諸子論叢	唐端正	國學
湖上閒思錄	錢穆	哲學
人生十論	錢穆	哲學
中西兩百位哲學家	黎建球 鄔昆如	哲學
比較哲學與文化(一)(二)	吳森	哲學
文化哲學講錄(一)	鄔昆如	哲學
哲學淺論	張康	哲學
哲學十大問題	鄔昆如	哲學
哲學智慧的尋求	何秀煌	哲學
內心悅樂之源泉	吳經熊	哲學
語言哲學	劉福增	哲學
邏輯與設基法	劉福增	哲學
中國管理哲學	曾仕強	哲學
老子的哲學	王邦雄	中國哲學
孔學漫談	余家菊	中國哲學
中庸誠的哲學	吳怡	中國哲學
哲學演講錄	吳怡	中國哲學
墨家的哲學方法	鍾友聯	中國哲學
韓非子哲學	王邦雄	中國哲學
墨家哲學	蔡仁厚	中國哲學
中國哲學的生命和方法	吳怡	中國哲學
希臘哲學趣談	鄔昆如	西洋哲學
中世哲學趣談	鄔昆如	西洋哲學
近代哲學趣談	鄔昆如	西洋哲學
現代哲學趣談	鄔昆如	西洋哲學
佛學研究	周中一	佛學
佛學論著	周中一	佛學
禪話	周中一	佛學
天人之際	李杏邨	佛學
公案禪語	吳怡	佛學
佛敎思想新論	楊惠南	佛學
不疑不懼	王洪鈞	敎育
文化與敎育	錢穆	敎育
敎育叢談	上官業佑	敎育
印度文化十八篇	糜文開	社會
清代科舉	劉兆璸	社會
世界局勢與中國文化	錢穆	社會
國家論	薩孟武譯	社會
紅樓夢與中國舊家庭	薩孟武	社會

滄海叢刊已刊行書目（二）

書名	作者	類別
社會學與中國研究	蔡文輝	社會
我國社會的變遷與發展	朱岑樓主編	社會
開放的多元社會	楊國樞	社會
財經文存	王作榮	經濟
財經時論	楊道淮	經濟
中國歷代政治得失	錢穆	政治
周禮的政治思想	周世輔 周文湘	政治
儒家政論衍義	薩孟武	政治
先秦政治思想史	梁啓超原著 賈馥茗標點	政治
憲法論集	林紀東	法律
憲法論叢	鄭彥棻	法律
師友風義	鄭彥棻	歷史
黃帝	錢穆	歷史
歷史與人物	吳相湘	歷史
歷史與文化論叢	錢穆	歷史
中國人的故事	夏雨人	歷史
老台灣	陳冠學	歷史
古史地理論叢	錢穆	歷史
我這半生	毛振翔	歷史
弘一大師傳	陳慧劍	傳記
孤兒心影錄	張國柱	傳記
精忠岳飛傳	李安	傳記
中國歷史精神	錢穆	史學
國史新論	錢穆	史學
與西方史家論中國史學	杜維運	史學
中國文字學	潘重規	語言
中國聲韻學	潘重規 陳紹棠	語言
文學與音律	謝雲飛	語言
還鄉夢的幻滅	賴景瑚	文學
葫蘆・再見	鄭明娳	文學
大地之歌	大地詩社	文學
青春	葉蟬貞	文學
比較文學的墾拓在臺灣	古添洪 陳慧樺	文學
從比較神話到文學	古添洪 陳慧樺	文學
牧場的情思	張媛媛	文學
萍踪憶語	賴景瑚	文學
讀書與生活	琦君	文學
中西文學關係研究	王潤華	文學
文開隨筆	糜文開	文學
知識之劍	陳鼎環	文學
野草詞	韋瀚章	文學
現代散文欣賞	鄭明娳	文學

滄海叢刊已刊行書目㈢

書名	作者	類別
藍天白雲集	梁容若	文學
寫作是藝術	張秀亞	文學
孟武自選文集	薩孟武	文學
歷史圈外	朱桂	文學
小說創作論	羅盤	文學
往日旋律	幼柏	文學
現實的探索	陳銘磻編	文學
金排附	鍾延豪	文學
放鷹	吳錦發	文學
黃巢殺人八百萬	宋澤萊	文學
燈下燈	蕭蕭	文學
陽關千唱	陳煌	文學
種籽	向陽	文學
泥土的香味	彭瑞金	文學
無緣廟	陳艷秋	文學
鄉事	林清玄	文學
余忠雄的春天	鍾鐵民	文學
卡薩爾斯之琴	葉石濤	文學
青囊夜燈	許振江	文學
我永遠年輕	唐文標	文學
思想起	陌上塵	文學
心酸記	李喬	文學
離訣	林蒼鬱	文學
孤獨園	林蒼鬱	文學
托塔少年	林文欽編	文學
北美情逅	卜貴美	文學
女兵自傳	謝冰瑩	文學
抗戰日記	謝冰瑩	文學
給青年朋友的信	謝冰瑩	文學
孤寂中的廻響	洛夫	文學
火天使	趙衛民	文學
無塵的鏡子	張默	文學
大漢心聲	張起鈞	文學
回首叫雲飛起	羊令野	文學
累盧聲氣集	姜超嶽	文學
實用文纂	姜超嶽	文學
林下生涯	姜超嶽	文學
韓非子析論	謝雲飛	中國文學
陶淵明評論	李辰冬	中國文學
文學新論	李辰冬	中國文學
分析文學	陳啓佑	中國文學
離騷九歌九章淺釋	繆天華	中國文學
苕華詞與人間詞話述評	王宗樂	中國文學
杜甫作品繫年	李辰冬	中國文學
元曲六大家	應裕康 王忠林	中國文學
詩經研讀指導	裴普賢	中國文學

滄海叢刊已刊行書目（四）

書名	作者	類別
莊子及其文學	黃錦鋐	中國文學
歐陽修詩本義研究	裴普賢	中國文學
清眞詞研究	王支洪	中國文學
宋儒風範	董金裕	中國文學
紅樓夢的文學價值	羅盤	中國文學
中國文學鑑賞舉隅	黃慶萱 許家鶯	中國文學
浮士德研究	李辰冬譯	西洋文學
蘇忍尼辛選集	劉安雲譯	西洋文學
印度文學歷代名著選	糜文開	西洋文學
文學欣賞的靈魂	劉述先	西洋文學
現代藝術哲學	孫旗	藝術
音樂人生	黃友棣	音樂
音樂與我	趙琴	音樂
音樂伴我遊	趙琴	音樂
爐邊閒話	李抱忱	音樂
琴臺碎語	黃友棣	音樂
音樂隨筆	趙琴	音樂
樂林蓽露	黃友棣	音樂
樂谷鳴泉	黃友棣	音樂
樂韵飄香	黃友棣	音樂
水彩技巧與創作	劉其偉	美術
繪畫隨筆	陳景容	美術
素描的技法	陳景容	美術
人體工學與安全	劉其偉	美術
立體造形基本設計	張長傑	美術
工藝材料	李鈞棫	美術
都市計劃概論	王紀鯤	建築
建築設計方法	陳政雄	建築
建築基本畫	陳榮美 楊麗黛	建築
中國的建築藝術	張紹載	建築
現代工藝概論	張長傑	雕刻
藤竹工	張長傑	雕刻
戲劇藝術之發展及其原理	趙如琳	戲劇
戲劇編寫法	方寸	戲劇